COLLECTION FOLIO

Truman Capote

Monsieur Maléfique

et autres nouvelles

Traduit de l'américain
par Serge Doubrovsky
et Maurice Edgar Coindreau

Gallimard

Ce texte est extrait du recueil
Un arbre de nuit et autres histoires (L'Étrangère).

Titres originaux :

MASTER MISERY
CHILDREN ON THEIR BIRTHDAYS
SHUT A FINAL DOOR

De son vrai nom Truman Streckfus Persons, Truman Capote est né à La Nouvelle-Orléans en 1924. Élevé dans une plantation de l'Alabama, il manifeste très tôt un grand don d'observation, du goût pour l'écriture et une grande virtuosité littéraire. Avant de pouvoir vivre de sa plume, il est danseur sur un bateau de plaisance, puis peintre, et parcourt l'Amérique en écrivant des nouvelles. Avec son amie et rivale, Carson McCullers, il fait partie des vedettes des *Wunderkinder* (enfants prodiges) littéraires arrivés de leur Sud natal à la conquête de New York. En 1948, son premier roman, *Les domaines hantés*, remporte un vif et immédiat succès : Joël, un petit garçon de douze ans qui n'a jamais connu son père parti pour on ne sait quelles mystérieuses aventures, est un jour rappelé auprès de lui. Ce père, qu'il a le plus grand désir de voir enfin, habite maintenant une vieille maison perdue au fond d'une contrée lointaine... La déception de l'enfant sera terrible : l'homme ne peut communiquer qu'en lançant des balles de tennis rouges dans l'escalier. L'année suivante, il publie un recueil de contes, *Un arbre de nuit et autres histoires*. Suivent *Local Color* en 1950, *La harpe d'herbes,* en 1951, roman dans lequel Capote fait ses adieux au monde émerveillé de l'enfance, en racontant l'histoire d'un petit garçon orphelin qui, installé dans une cabane perchée sur un arbre, vit dans une atmosphère de fable, bercé par le murmure, pareil au son d'une harpe, qui monte d'un champ de hautes herbes indiennes. En 1956, paraît *Les muses parlent* et, en

1958, le célèbre *Petit déjeuner chez Tiffany*, adapté au cinéma, sous le titre *Diamants sur canapé*, avec Audrey Hepburn dans le rôle d'Holly, jeune femme aux goûts de luxe qui quitte son Texas natal, bien décidée à épouser un homme riche. Elle jette son dévolu sur un planteur brésilien au désespoir de son voisin, l'écrivain Paul Varjak, éperdument amoureux d'elle... *De sang-froid*, paru en 1965, marque un tournant dans la carrière littéraire de Truman Capote. Inspiré d'un fait divers, l'assassinat d'une famille de fermiers texans, ce récit quasi journalistique est un chef-d'œuvre d'analyse dans lequel l'écrivain s'attache au destin des deux assassins. Il a créé une forme romanesque totalement nouvelle. Il meurt à Los Angeles en 1984, laissant le souvenir d'un grand écrivain, tour à tour romancier, journaliste ou scénariste, ayant marqué la vie littéraire et mondaine américaine.

Découvrez, lisez ou relisez les livres de Truman Capote :

DE SANG-FROID (Folio n° 59)

MUSIQUE POUR CAMÉLÉONS (Folio n° 2134)

PETIT DÉJEUNER CHEZ TIFFANY (Folio n° 364 et Folio Bilingue n° 76)

UN NOËL — L'INVITÉ D'UN JOUR (Folio Bilingue n° 17)

LES DOMAINES HANTÉS (L'Imaginaire n° 157)

LA HARPE D'HERBES (L'Imaginaire n° 25)

LES MUSES PARLENT (L'Imaginaire n° 469)

LES CHIENS ABOIENT (L'Étrangère)

UN ARBRE DE NUIT ET AUTRES HISTOIRES (L'Étrangère)

CERCUEILS SUR MESURE (Folio 2 euros n° 3621)

MONSIEUR MALÉFIQUE

Le claquement de ses talons hauts sur le marbre de l'entrée la faisait penser à des cubes de glace qui s'entrechoquent dans un verre, et les fleurs, ces chrysanthèmes de demi-saison dans un pot, près de la porte, si on les effleurait seulement, voleraient en éclats, se fracasseraient, sans aucun doute, en une poussière de givre ; la maison, quoique chaude, et même quelque peu surchauffée, donnait froid (et Sylvia frissonnait), oui, froid comme les plis neigeux du visage de Miss Mozart, la secrétaire, tout de blanc vêtue, comme si elle eût été une infirmière. Au fait, elle en était peut-être une : cela, bien sûr, expliquerait tout. « Monsieur Revercomb, vous êtes fou, et voici votre infirmière. » Elle y pensa un instant ; et puis, tout compte fait, non. Tiens, voilà le valet de chambre qui lui apportait son écharpe... Sa beauté la troubla : svelte, et si doux, un nègre à la peau tachetée, avec des yeux rougeâtres, vitreux. Comme il ouvrait la porte, Miss Mozart apparut, et le froufrou de son uniforme empesé résonna dans l'antichambre.

— Nous espérons que vous reviendrez, dit-elle

en tendant à Sylvia une enveloppe cachetée. M. Revercomb a été tout à fait charmé.

Dehors, la pénombre tombait en flocons bleus et Sylvia monta, par les rues froides de novembre, jusqu'aux coins isolés de la Cinquième Avenue. Là, il se trouva qu'elle pouvait rentrer chez elle en traversant le Parc ; c'était presque un défi, après tout ce que Henry et Estelle, qui se flattaient de connaître leur ville mieux que personne, lui avaient dit et répété : « Sylvia, tu ne peux pas t'imaginer comme c'est dangereux de se promener dans le Parc, lorsqu'il fait sombre ; regarde ce qui est arrivé à Myrtle Calisher. Nous ne sommes pas à Easton, ma chérie. » Ça, c'était leur autre grande phrase, une vraie rengaine. Bon Dieu, elle était malade de l'entendre. Pourtant, à part quelques sténos qui travaillaient avec elle au Boniprix, maison de sous-vêtements, elle ne connaissait qu'eux à New York. Oh ! ça serait parfait, si seulement elle n'était pas obligée de vivre avec eux, si elle pouvait se procurer quelque part une chambre pour elle seule ; mais, là, dans cet appartement envahi par les rideaux et housses d'indienne, elle avait parfois l'impression qu'elle allait les étrangler tous les deux. D'ailleurs, pourquoi était-elle venue à New York ? Peu importe, tout ce passé s'embrumait ; mais, si elle avait quitté Easton, une ville au nord de Cincinnati, c'était avant tout pour se débarrasser d'Estelle et de Henry, ou plutôt de leurs pendants, quoique, à vrai dire, Estelle fût elle-même originaire d'Easton. Le gros embêtement avec Henry et Estelle, c'est qu'ils faisaient terriblement « mariés » : toujours à faire des chichis, Minou-Minette et rosebonbon ; ainsi, chaque objet avait son surnom : le téléphone s'appelait Tinte-Marie, le canapé, Arthur, et le lit, Gros Nounours ; sans parler des serviettes Toi-et-Moi, et des coussins Elle-et-Lui. Bref, de quoi vous rendre fou.

« Fou ! » prononça-t-elle d'une voix forte qui s'étouffa dans la quiétude du parc.

C'était ravissant, à cette heure-là : comme elle avait eu raison de venir se promener par ici, avec le vent qui remuait dans les feuilles et les globes étincelants des lampadaires qui projetaient leur lueur sur les oiseaux roses, les flèches bleues ou les cœurs dessinés à la craie par les enfants. Mais soudain, choquants comme une paire de gros mots, apparurent sur le sentier deux garçons au visage boutonneux et au rire sonore ; ils se dessinèrent dans la pénombre, pareils à des flammes menaçantes, et Sylvia, en les croisant, sentit une brûlure l'envahir, tout comme si elle avait frôlé quelque brasier. Ils firent demi-tour et la suivirent à travers un terrain de jeu désert : l'un martelait de son bâton une clôture en fer, et l'autre sifflotait : ces deux sons l'encerclaient comme le grondement confus d'un moteur qui viendrait sur elle, et, lorsque l'un des garçons lui cria en riant : « Hé là ! pourquoi se presser ? » sa bouche se crispa dans un effort de respiration. L'idée lui vint de leur jeter son porte-monnaie et de détaler, mais elle y renonça. Cependant, un homme, qui promenait son chien, déboucha d'un chemin de traverse, et elle résolut de lui emboîter le pas jusqu'à la sortie. Henry et Estelle triompheraient, si elle s'avisait de leur raconter l'aventure ; elle entendait déjà leur « nous-te-l'avions-bien-dit ». Et, qui pis est, Estelle l'écrirait chez elle, et, dans tout Easton, on se répéterait la dernière nouvelle : Sylvia a été violée dans Central Park. Tout au long du chemin qui lui restait à faire, elle couvrit New York de son mépris : l'anonymat, terreur exercée par les bien-pensants, et la voix des égouts, et les lumières toute la nuit, le piétinement incessant, les couloirs de métro, les portes avec leurs numéros (3 C).

— Chut ! mon chou, fit Estelle en se faufilant hors de la cuisine, Minou a du travail.

Sans doute Henry, étudiant en droit à Columbia, était-il penché sur ses livres dans le salon, et Sylvia, à la requête d'Estelle, ôta ses chaussures et traversa la pièce sur la pointe des pieds. Une fois dans sa chambre, elle se jeta sur son lit et se couvrit des mains les yeux. Aujourd'hui avait-il réellement eu lieu ? Miss Mozart et M. Revercomb, les avait-elle vraiment rencontrés dans cette haute maison de la Soixante-dix-huitième Rue ?

— Alors, mon chou, quoi de neuf ? demanda Estelle qui était entrée sans frapper.

Sylvia se releva sur son coude :

— Rien, sauf que j'ai tapé quatre-vingt-dix-neuf lettres.

— Pour quoi dire, mon chou ? interrogea Estelle en se recoiffant avec la brosse de Sylvia.

— Oh ! diable, qu'est-ce que tu crois ? Boniprix, les sous-vêtements adoptés et appréciés par tous les Maîtres de Notre Science et de Notre Industrie.

— Voyons, mon chou, n'aie pas l'air de si mauvaise humeur ! Je me demande ce qui ne tourne pas rond avec toi quelquefois. Tu as l'air de si mauvaise humeur. Zut ! pourquoi ne prends-tu pas une brosse neuve ? Celle-ci est pleine de cheveux.

— Des tiens, surtout.

— Qu'est-ce que tu dis ?

— Peu importe.

— Ah ! je croyais que tu disais quelque chose. En tout cas, pour revenir à ce que je te racontais, ça m'ennuie de voir que, quand tu reviens de ton bureau, tous les jours, tu es de mauvaise humeur, enfin, tu n'es pas dans ton assiette. À mon avis, et j'en parlais justement hier soir à Minou, qui est tout à fait d'accord avec moi, j'ai dit : Minou, tu sais, je crois que Sylvia devrait se marier ; une fille nerveuse comme elle a besoin de se détendre. Il n'y a pas de raison au monde pour que ça ne marche pas. Enfin, je veux dire, tu n'es peut-être pas jolie comme on l'entend d'habitude, mais tu as de beaux yeux, et un regard intelligent et franc. En fait, tu es le genre de fille qui plaît aux intellectuels. Et je crois que tu aimerais... Regarde comme j'ai changé depuis que j'ai épousé Henry. Tu ne te sens pas isolée quand tu nous vois si heureux ? Je peux vraiment te le dire, mon chou, il n'y a rien de tel que d'être étendue dans un lit, la nuit, avec des bras d'homme qui vous enlacent, et...

— Estelle, pour l'amour de Dieu !...

Sylvia, furieuse, se redressa sur son lit, les joues empourprées de colère. Mais, au bout d'un moment, elle se mordit les lèvres et baissa les paupières :

— Je suis navrée, dit-elle, ç'a été plus fort que moi. Mais je t'en prie, cesse de parler comme ça.

— Entendu, dit Estelle, qui, ne trouvant rien à

ajouter, sourit d'un air bête. Puis elle se dirigea vers Sylvia et lui donna un baiser :

— Je comprends, mon chou ; ce qu'il y a, c'est que tu tombes de fatigue. Et je parierais bien que tu n'as rien mangé. Viens avec moi à la cuisine, que je te fasse des œufs brouillés.

Lorsque Estelle posa les œufs devant elle, Sylvia sentit le remords l'envahir : après tout, Estelle essayait d'être gentille. Alors, comme pour tout arranger, elle dit :

— Il s'est passé quelque chose aujourd'hui...

Estelle s'assit en face d'elle, une tasse de café à la main, et Sylvia poursuivit :

— Je ne sais pas comment t'expliquer. C'est tellement extraordinaire ! Mais..., enfin voilà : je déjeunais, aujourd'hui à l'*Automate*[1] et j'ai dû partager une table avec trois hommes. Il faut croire qu'ils ne remarquèrent même pas ma présence, car ils parlèrent des choses les plus intimes ; l'un d'eux raconta que sa petite amie allait avoir un enfant et qu'il ne savait pas où il trouverait l'argent pour y « remédier » ; alors un des deux autres lui demanda pourquoi il ne vendait pas un objet quelconque. Il répondit qu'il n'avait rien à vendre. Là-dessus le troisième homme, — qui paraissait plutôt raffiné et n'avait pas l'air d'appartenir au même milieu que ses compagnons —, lui dit qu'il se trompait, qu'il y avait toujours quelque chose qu'il pouvait vendre : des rêves. Même moi, je me mis à rire, mais l'homme secoua la tête et dit d'un ton tout à fait sérieux : non, ce n'est pas de la blague, la tante de sa femme, Miss Mozart, tra-

1. Restaurant à distributeurs automatiques. *(N.d.T.)*

vaillait chez un type qui avait une grosse fortune et achetait les rêves, oui, les rêves qu'on fait la nuit, les rêves de tout le monde. Et il écrivit le nom et l'adresse de l'homme en question, et donna le papier à son ami ; mais celui-ci le laissa tout simplement traîner sur la table, en disant qu'une folie de ce genre ne lui convenait pas.

— À moi non plus, interrompit la vertueuse Estelle.

— Je ne sais pas, reprit Sylvia, en allumant une cigarette, toujours est-il que cette idée n'a pas cessé de me trotter dans la tête, malgré moi. Le nom écrit sur le papier était : A. F. Revercomb et l'adresse, soixante-dix-huitième Rue Est. Je n'ai fait qu'y jeter un coup d'œil, rapidement, mais c'était... Je ne sais pas, il me semblait que je ne pourrais pas m'en défaire. J'en avais mal à la tête, au bout du compte. Alors j'ai quitté le bureau de bonne heure...

Lentement et solennellement, Estelle posa sa tasse de café :

— Écoute, mon chou, tu ne vas pas me dire que tu as été le voir, ce Revercomb à la noix ?

— Je n'en avais pas l'intention, dit Sylvia, qui dès lors se demanda comment elle allait s'en sortir. Essayer de raconter l'histoire était une erreur, elle s'en rendait compte à présent. Estelle n'avait pas un brin d'imagination, jamais elle ne comprendrait. Alors elle eut ce plissement des yeux qui indiquait qu'elle inventait un mensonge : Et, en fait, je n'y ai pas été. J'étais vraiment partie pour y aller, mais je me suis aperçue que c'était idiot, et j'ai préféré me promener.

— Tu as été raisonnable, dit Estelle, qui se mit

à empiler les assiettes sur l'évier. Pense à ce qui aurait pu t'arriver. Acheter des rêves ! A-t-on jamais entendu parler d'une chose pareille ? Ha ! je te le dis, ce n'est pas à Easton qu'on verrait des trucs comme ça !

Avant de se retirer, Sylvia prit un comprimé de gardénal, ce qui n'était pas dans ses habitudes ; mais elle savait bien que, avec l'esprit aussi leste et bondissant qu'à présent, elle ne pourrait jamais s'endormir sans cachet. Soudain elle fut envahie par une étrange tristesse, elle eut l'impression que quelque chose lui manquait, comme si elle avait été victime d'un vol réel, ou même moral, comme si les garçons qui l'avaient suivie dans le parc s'étaient réellement emparés de (brusquement elle alluma sa lampe) son sac à main. L'enveloppe que lui avait remis Miss Mozart ? Elle était dans le sac, mais, jusqu'à cet instant, elle n'y avait plus pensé. Elle la décacheta. Une feuille de papier bleu était repliée autour d'un billet ; la feuille portait ces mots : « Payement d'un rêve : cinq dollars. » Elle n'en doutait plus à présent : oui, c'était vrai, elle avait vendu un rêve à M. Revercomb. Si elle en vendait seulement deux par semaine, c'est inouï ce qu'elle pourrait faire : J'aurai un chez-moi quelque part, où je vivrai seule, pensa-t-elle en s'abandonnant au sommeil : comme la lueur d'une flamme, le bien-être vacilla autour d'elle, et bientôt ce fut la lueur crépusculaire d'une lanterne aux verres opaques ; j'enfonce et tout s'enfonce ; et lui, ses lèvres, ses bras : culbute d'images emboîtées. Avec dégoût, elle envoya promener d'un coup de pied sa couverture. Étaient-ce ces bras d'homme, les bras dont Estelle avait parlé ? Les lèvres de M. Revercomb effleurèrent son oreille, tandis que, penché sur elle, il pénétrait son sommeil. « Racontez-moi », murmura-t-il.

Une semaine s'écoula avant qu'elle ne le revît. C'était dans les premiers jours de décembre, un dimanche après-midi. Elle était sortie avec l'intention d'aller au cinéma, mais, elle ne savait comment, car vraiment on eût dit que tout cela se faisait sans qu'elle en eût conscience, elle se retrouva dans Madison Avenue, à deux rues de celle de M. Revercomb. C'était une journée froide, avec un ciel argenté et des bouffées de vent qui vous transperçaient et s'agrippaient à vous comme de la rose trémière ; dans les vitrines, les étalages de Noël étincelaient, avec leurs stalactites en clinquant scintillant parmi les montagnes de neige pailletée : la détresse de Sylvia était à son comble, car elle abhorrait les vacances, ces moments où l'on se sent le plus seul. À la vue d'une certaine vitrine, elle fut clouée sur place : il s'agissait d'un Père Noël électrique, grandeur nature, qui se balançait frénétiquement d'avant en arrière et, tout vibrant d'allégresse mécanique, se donnait de grandes tapes sur le ventre. Derrière l'épaisseur du verre, on pouvait entendre son rire criard et sonore. Plus elle le contemplait, plus il lui semblait abominable. Enfin elle se retourna en frissonnant, et se dirigea vers la maison de M. Revercomb. Extérieurement, c'était une maison comme on en voit dans toutes les villes ; bien qu'elle fût peut-être un peu moins astiquée, un peu moins imposante que d'autres, elle ne laissait pas d'avoir une certaine grandeur. Du lierre, desséché par le froid, s'enroulait en guirlandes autour des fenêtres à vitraux et s'effilait au-dessus de la porte comme les tentacules d'une pieuvre. De chaque côté du porche se trouvait un lion en pierre, avec des yeux aveugles tout effrités. Sylvia retint son souffle et sonna. Le pâle et charmant nègre de M. Revercomb la reconnut et lui sourit courtoisement.

Lors de sa précédente visite, elle s'était trouvée seule dans le salon d'attente. Mais aujourd'hui, d'autres personnes étaient là, des femmes d'aspect divers et aussi un jeune homme aux yeux d'insecte qui ne tenait absolument pas en place. Si ces gens, comme on aurait pu le croire, avaient été des malades dans le salon d'un docteur, on l'eût pris pour un futur père, ou pour une victime de Saint-Guy. Sylvia, assise à côté de lui, sentit que ses yeux inquiets la déshabillaient rapidement, mais sa curiosité fut vite satisfaite, et il reprit le fil de ses préoccupations crispées. Petit à petit, pourtant, elle se rendit compte que tout le monde dans le salon s'occupait d'elle ; les regards de ces gens, dans l'obscurité douteuse de cette pièce remplie de plantes vertes, avaient plus de raideur que les pieds des chaises sur lesquelles ils étaient assis ; une femme surtout l'observait sans pitié. Son visage, qui, à l'état normal, eût été commun et d'une douceur un peu molle, était rendu hideux par la défiance et la jalousie qu'on lisait dans ses regards. Elle portait un renard mangé aux mites, qu'elle ne cessait de caresser avec le geste d'un dompteur tentant d'amadouer une bête qui risque à tout instant de bondir, les crocs en avant ; ses yeux, qui dévoraient Sylvia, ne lâchèrent prise que lorsque le pas tonitruant de Miss Mozart ébranla l'antichambre. Immédiatement, comme dans un groupe d'étudiants que la crainte soudain dissocie, chacun reprit son identité et tendit l'oreille :

— Vous, monsieur Pocker, c'est votre tour, pointa Miss Mozart.

Et M. Pocker la suivit en se tordant les mains et en roulant convulsivement les yeux. Dans la pièce obscure, chacun reprit sa place, comme des grains de poussière dans un rayon de soleil.

Dehors la pluie se mit à tomber ; sur les murs frissonnèrent les reflets estompés des fenêtres, et le jeune maître d'hôtel de M. Revercomb, glissant à travers la chambre, attisa le feu dans l'âtre et posa sur une table un plateau à thé. Sylvia, qui était la plus proche du feu, se sentit engourdie par la chaleur et le bruit de la pluie. Sa tête tomba sur son épaule, elle ferma les yeux, à mi-chemin du sommeil. Pendant un long moment, le balancement cristallin d'une horloge égratigna le silence vernissé de la maison de M. Revercomb. Puis, soudain, on entendit dans l'antichambre un tumulte épouvantable qui fit chavirer la pièce dans un délire de sons. Une grosse voix bovine et horriblement vulgaire beugla :

— Arrêter Oreilly ? Le maître d'hôtel de comédie, et qui encore ?

L'homme qui avait parlé était petit, taillé en barrique, et d'un teint de brique ; il avança jusqu'au seuil du salon et s'arrêta en titubant.

— Bon, bon, bon, dit-il de sa voix rauque et avinée, qui se faisait de plus en plus grave, ces dames sont avant moi, mais Oreilly est un homme du monde, Oreilly sait attendre son tour.

— Pas ici, ici il n'attend pas, intervint Miss

Mozart, qui, s'approchant à pas de loup, le saisit vigoureusement au collet.

Oreilly, déjà passablement rouge, devint écarlate et ses yeux sortirent de leurs orbites.

— Vous m'étouffez, soupira-t-il.

Mais Miss Mozart, dont les mains verdâtres étaient aussi fortes que des racines de chêne, resserra encore sa prise, et le poussa vers la porte, qui claqua bientôt avec un fracas assourdissant : une tasse à thé résonna et des feuilles de dahlia desséchées tombèrent en vrille sur le parquet. La dame au renard glissa un cachet d'aspirine entre ses dents.

— Répugnant, dit-elle, et tous, hormis Sylvia, eurent un petit rire discret et admiratif, lorsque Miss Mozart revint à grandes enjambées en s'époussetant les mains.

Il tombait une pluie épaisse et sombre lorsque Sylvia sortit de chez M. Revercomb. Elle chercha des yeux un taxi, mais ne vit rien, ni personne ; et pourtant, si : l'ivrogne qui, tout à l'heure, avait causé le désordre ; comme un enfant perdu, appuyé contre une voiture en stationnement, il faisait rebondir une petite balle en caoutchouc.

— Viens voir, fillette, dit-il à Sylvia, je viens de trouver cette balle, regarde-moi ça ; tu crois que ça porte bonheur ?

Sylvia lui sourit ; malgré ses airs meurtriers, elle le jugeait inoffensif. Tout n'était pas mauvais dans son visage, en particulier cette tristesse grimaçante qui faisait penser à un clown sans maquillage. Tout en jonglant avec sa balle, il suivit Sylvia dans la direction de Madison Avenue.

— Je parie que je me suis couvert de ridicule.

Quand je fais des choses comme ça, j'ai envie de m'asseoir par terre et de pleurer.

Toute la pluie qu'il avait reçue semblait l'avoir considérablement dégrisé.

— Mais vraiment, elle n'aurait pas dû être si brutale avec moi. Diable ! elle n'y va pas de main morte. J'ai connu des femmes pas commodes : ma sœur Bérénice, par exemple, pouvait marquer n'importe quel taureau, si furieux fût-il. Mais celle-là, c'est une vraie harpie ; je vous le dis, elle finira sur la chaise électrique. Il fit claquer sa langue et reprit : Ils n'ont aucune raison de me traiter comme ça. De toute façon, c'est sa faute, à lui. Au début je n'en avais pas des masses à lui donner, mais après il a tout pris, et maintenant qu'est-ce qu'il me reste ? *Niente*, fillette, *niente*.

— C'est trop affreux, dit Sylvia, qui se sentait de la compassion, sans savoir pourquoi. Vous êtes clown, monsieur Oreilly ?

— Je l'ai été.

À présent ils avaient atteint l'avenue, mais Sylvia n'essaya même pas de trouver un taxi. Elle voulait continuer à marcher sous la pluie avec l'homme qui avait été clown.

— Quand j'étais petite, les seules poupées que j'aimais, c'étaient les clowns. Ma chambre, à la maison, ressemblait à un cirque.

— J'ai fait d'autres métiers aussi. J'ai vendu des assurances, entre autres.

— Oh ! fit Sylvia, déçue. Et maintenant, qu'est-ce que vous faites ?

Oreilly eut un petit rire et lança sa balle à une hauteur extraordinaire. Lorsqu'il l'eut rattrapée, il resta la tête renversée en arrière.

— J'observe le ciel, dit-il. Je suis là, avec ma valise, et je voyage dans le bleu. C'est là qu'on voyage quand on n'a pas d'autre endroit où aller. Je me demande ce que je fais sur cette planète. J'ai volé, j'ai mendié, j'ai vendu mes rêves — tout ça pour du whisky. On ne peut pas voyager dans le bleu sans une bouteille. Et ceci nous amène à un point précis : comment prendriez-vous ça, si je vous demandais de me prêter un dollar ?

— Je prendrais ça très bien, répliqua Sylvia ; puis elle se tut, car elle ne savait pas quoi ajouter.

Avec quelle lenteur ils marchaient, tandis que la pluie toute raide les entourait comme un rempart mouvant : elle avait l'impression de se promener avec une poupée d'enfant, une poupée animée par un pouvoir surnaturel ; elle chercha sa main, et la prit : cher clown, qui voyagez dans le bleu.

— Mais voilà, je n'ai même pas un dollar, je n'ai que soixante-dix *cents*.

— L'intention reste bonne, dit Oreilly, mais, dites-moi franchement, est-ce que c'est tout ce qu'il vous paie aujourd'hui ?

Sylvia savait très bien de qui il parlait.

— Non, non, — à vrai dire, je ne lui ai pas vendu de rêve.

Elle n'essaya pas de lui expliquer : elle-même ne comprenait pas. Lorsqu'elle s'était trouvée en présence de la grisaille irréelle de M. Revercomb, impeccable, exact comme les plateaux d'une balance, avec ces odeurs de clinique flottant autour de lui, et ses yeux gris plantés à fleur de tête comme des graines dans un visage anonyme, protégés par des verres aux reflets d'acier, elle avait été incapable de se rappeler un rêve ; alors elle avait parlé de deux voleurs qui l'avaient prise en chasse à travers le Parc et entre les balançoires d'un terrain de jeu.

— « Arrêtez », il me dit d'arrêter ; « il y a rêve et rêve », ajouta-t-il, « mais celui-là n'en est pas un, c'est de votre invention. » Dites-moi, comment croyez-vous qu'il s'en soit aperçu ? Après, je lui ai encore raconté un autre rêve. Il s'agissait de lui : c'était la nuit, il me tenait dans ses bras, et tout autour on voyait des ballons qui montaient et des lunes qui descendaient. Il a dit que les rêves qui le concernaient ne l'intéressaient pas. Et il a demandé à Miss Mozart, qui prenait les rêves en sténo, d'appeler la personne suivante. Je ne crois pas que j'y retournerai jamais, dit-elle.

— Vous y retournerez, dit Oreilly. Regardez-moi : j'y retourne bien encore, et depuis longtemps il a fini avec moi, M. Maléfique.

— M. Maléfique ? Pourquoi l'appelez-vous comme ça ?

Ils avaient atteint l'endroit où le Père Noël mécanique se balançait en aboyant. Son rire se répercutait dans la rue bruissante sous la pluie et son ombre oscillante se mêlait aux reflets irisés du trottoir. Oreilly se retourna et dit en souriant :

— Je l'appelle M. Maléfique parce que c'est ce qu'il est. On peut lui donner un autre nom ; en tout cas, c'est le même type, et sûrement vous l'avez connu. Toutes les mères en parlent à leurs gosses : il vit dans les arbres creux, descend par les cheminées lorsque la nuit s'est installée, et se cache dans les cimetières ; on l'entend marcher dans les mansardes. Le salaud, il vous vole et vous menace : tout ce que vous possédez, il vous le prendra, et à la fin, vous n'aurez plus rien, pas même un rêve.

Il partit d'un rire bruyant, qui couvrit celui du Père Noël.

— Voilà, maintenant vous savez qui il est ?

Sylvia approuva d'un signe de tête :

— Oui, je sais qui il est. Dans ma famille on lui donnait un autre nom, mais je n'arrive pas à me rappeler lequel. C'est si vieux !

— Mais vous vous en souvenez ?

— Oui, je m'en souviens.

— Alors, appelez-le M. Maléfique.

Puis, lançant sa balle en l'air, il s'éloigna :

— M. Maléfique.

Sa voix s'estompa jusqu'à n'être plus qu'un soupir assourdi :

— Mon-sieur Ma-lé-fique.

*

C'était dur de regarder Estelle, car elle était en face d'une fenêtre tout emplie de soleil et de vent. Sylvia en avait mal aux yeux et le tintement du verre lui donna la migraine. Estelle, en plus, lui faisait la leçon. Sa voix nasillarde grinçait comme si sa gorge eût été un dépôt de lames de rasoir rouillées.

— Je voudrais que tu puisses te voir, dit-elle.

Ou bien était-ce plutôt ce qu'elle avait dit tout à l'heure ? Peu importe.

— Je me demande ce qu'il t'est arrivé, je parierais bien que tu ne pèses pas cent livres, on peut compter tous tes os et tes veines, et si tu voyais tes cheveux ! Tu as l'air d'un caniche.

Sylvia se passa la main sur le front.

— Quelle heure est-il, Estelle ?

— Quatre heures, dit-elle, s'interrompant juste le temps de regarder sa montre. Mais où as-tu mis ta montre ?

— Je l'ai vendue, répondit Sylvia, trop lasse pour inventer un mensonge.

Ça n'avait aucune importance. Elle avait vendu tant de choses, à commencer par son manteau de castor et son sac du soir à mailles d'or.

Estelle secoua la tête :

— Ma chérie, j'abandonne, j'abandonne complètement ! Et c'était la montre que ta mère t'avait donnée pour tes examens ! Quelle honte ! dit-elle en faisant claquer ses lèvres comme une vieille fille. C'est une pitié et une honte. Je ne comprendrai jamais pourquoi tu nous as quittés. C'est ton affaire, d'accord, mais pourquoi avoir pris ce... ce...

— ... taudis, souffla Sylvia, usant à dessein d'un tel mot.

C'était une chambre meublée aux abords des Soixantième et Soixante-dixième Rues Est, entre la Deuxième et la Troisième Avenue. Juste la place pour un canapé et un vieux bureau effrité avec une glace qui ressemblait à un œil vitreux. Une fenêtre unique donnant sur un vaste terrain vague où l'on voyait les enfants courir comme des fous (on pouvait entendre leurs cris rauques et effrénés) ; et, au loin, se détachant sur l'horizon comme un point d'exclamation, la cheminée noire d'une usine. Cette cheminée apparaissait souvent dans les rêves de Sylvia, et chaque fois Miss

Mozart, levant les yeux de sa feuille de sténo, murmurait avec une sorte d'excitation :

— Phallique, phallique.

Le plancher de la chambre était un vrai dépotoir, où voisinaient pêle-mêle des livres, commencés, mais jamais terminés, de vieux journaux, et même des peaux d'oranges, des trognons de fruits, des sous-vêtements et une boîte de poudre renversée.

Estelle se fraya un chemin à coups de pied à travers tout ce fatras, et s'assit sur le canapé :

— Tu ne sais pas, mon chou, j'ai été follement inquiète. Enfin tout de même, j'ai mon petit orgueil et tout le reste ; alors, si tu ne m'aimes pas, bon, je te comprends, mais il y a une chose, c'est que tu n'as pas le droit de rester comme ça à l'écart et de ne pas donner de tes nouvelles pendant plus d'un mois. Alors, ce matin, j'ai dit à Minou : Minou, tu sais, j'ai l'impression qu'il est arrivé quelque chose de terrible à Sylvia. Tu te rends compte ce qu'il m'est passé par la tête, quand j'ai téléphoné à ton bureau et qu'on m'a répondu que tu n'y avais pas travaillé depuis quatre semaines ! Qu'est-ce qui s'est passé, on t'a flanquée à la porte ?

— Oui, à la porte.

Sylvia fit mine de se redresser :

— Je t'en prie, Estelle, il faut que je me prépare, j'ai un rendez-vous.

— Reste tranquille. Tu ne sortiras pas d'ici tant que je ne saurai pas ce qui ne va pas. La propriétaire, en bas, m'a dit que tu étais somnambule, on t'a rencontrée...

— Qu'est-ce qu'il te prend d'aller l'interroger comme ça ? Pourquoi m'espionnes-tu ?

Les yeux d'Estelle se plissèrent comme si elle allait pleurer. Elle mit sa main sur celle de Sylvia et la câlina gentiment :

— Dis-moi, mon chou, c'est pour un homme ?

— Oui, c'est pour un homme, répondit Sylvia d'une voix toute proche du rire.

— Tu aurais dû venir me voir avant, soupira Estelle, je m'y connais en hommes. Il n'y a rien là-dedans dont tu aies à rougir. Un homme qui sait s'y prendre est capable de faire oublier à une fille tout ce qui n'est pas lui. Quand bien même Henry ne serait pas ce qu'il est, c'est-à-dire un homme de loi d'avenir et de valeur, eh bien ! je l'aimerais encore, et je ferais pour lui des choses qui, autrefois, quand je ne savais pas ce que c'était de vivre avec un homme, m'auraient paru choquantes et révoltantes. Mais, tu vois, mon chou, cet homme avec qui tu t'es accointée, il profite de toi.

— Il ne s'agit pas de ce genre de relations, dit Sylvia en se levant.

Elle repéra une paire de bas dans le désordre des tiroirs de son bureau.

— Ça n'a rien à voir avec l'amour. Allons, n'y pense plus. Tu n'as qu'à rentrer chez toi et m'oublier complètement.

Estelle la regarda intensément :

— Tu m'effraies, Sylvia, vraiment tu m'effraies.

Sylvia continuait de s'habiller en riant.

— Tu te rappelles quand j'ai dit, il y a longtemps, qu'il fallait te marier ?

— Oh ! ça... Tiens, écoute-moi bien.

Sylvia se retourna ; elle tenait entre ses lèvres

des épingles à cheveux, rangées en file, qu'elle extrayait une à une, tout en parlant.

— D'après toi le mariage est une panacée ; jusqu'à un certain point, oui, je suis d'accord. Bien sûr, je désire être aimée : qui diable ne le désire pas ? Bon, mais, même en admettant que je veuille transiger, dis-moi un peu où est l'homme que j'épouserai ? Pour moi, il a dû tomber dans une bouche d'égout ; Dieu ait son âme ! Je ne plaisante pas quand je dis qu'il n'y a pas d'hommes à New York. Tout ceux que j'ai pu rencontrer et qui avaient quand même un brin de séduction étaient ou bien mariés, ou bien trop pauvres pour se marier, ou encore à moitié timbrés. Et, de toute façon, ce n'est pas ici un endroit pour avoir le coup de foudre ; au contraire, c'est l'endroit idéal pour oublier l'amour. Bien sûr, je pourrais trouver quelqu'un à épouser, mais est-ce que tu t'imagines que c'est ce que je cherche, que c'est ça que je veux ?

Estelle haussa les épaules :

— Alors, qu'est-ce que tu veux ?

— Autre chose que ce que j'aurai jamais.

Elle ficha la dernière épingle dans ses cheveux et brossa ses sourcils devant la glace.

— Estelle, j'ai un rendez-vous, il est temps que tu t'en ailles, maintenant.

— Je ne peux pas te laisser comme ça, dit Estelle, dont la main, dans un geste de détresse, parut envelopper la chambre de Sylvia. Voyons, tu étais mon amie d'enfance.

— Justement nous ne sommes plus des enfants, moi du moins. Non, je voudrais que tu rentres chez toi et que tu ne reviennes plus ici. La seule chose que je désire, c'est que tu oublies tout de moi.

Estelle agita un mouchoir devant ses yeux, et, le temps d'atteindre la porte, elle pleurait déjà à chaudes larmes. Sylvia, au point où elle en était, ne pouvait avoir de remords : ayant mal agi, elle n'avait rien d'autre à faire que d'agir plus mal encore.

— Vas-y, continue, dit-elle en suivant Estelle à l'entrée, et tu pourras écrire à la maison toutes les âneries qui te passeront par la tête.

Estelle, à ces mots, laissa échapper un tel cri que tous les voisins d'étage apparurent sur le pas de leurs portes ; puis elle descendit les escaliers en courant.

Sylvia regagna sa chambre et suça un morceau de sucre pour ôter le mauvais goût qu'elle avait dans la bouche : c'était le remède que préconisait sa grand-mère pour soigner les humeurs. Puis elle s'agenouilla et tira de dessous son lit une boîte à cigares qu'elle y dissimulait. Quand on l'ouvrait, la boîte jouait une version arrangée non sans quelque fantaisie, de : *Ah ! comme j'ai horreur de me lever le matin !* Son frère avait fabriqué la boîte à musique et la lui avait donnée pour ses quinze ans. Tout à l'heure, le morceau de sucre lui avait rappelé sa grand-mère, et voilà que, maintenant, en entendant cet air, elle pensait à son frère. Les chambres de la maison familiale tournoyèrent devant ses yeux, salles obscures où elle se glissait comme un rayon de lumière : en haut des escaliers, puis en bas à gauche maintenant, puis à droite, effluves de printemps, ombres des lilas, grincement criard de la porte battante du perron... « Tous partis », pensa-t-elle, citant leurs noms un à un, « et je suis seule, toute seule à présent ». La musique s'arrêta, mais elle l'entendit encore dans sa tête. Et son claironnement couvrait les cris des enfants du terrain vague. Et tout ça se mêlait à sa lecture. Elle parcourait une sorte d'agenda qu'elle conservait dans la boîte à musique et dans lequel elle notait l'essentiel de ses rêves : elle en faisait sans cesse maintenant, mais elle avait tant de peine à se les rappeler ! Tiens, aujourd'hui elle parlerait à M. Revercomb des trois enfants aveugles. Il aimerait ça. Ses prix étaient variables, mais ce rêve-là ferait au moins ses dix dollars, elle en était sûre. L'air de la boîte à cigares la poursuivit dans les escaliers et parmi les rues, et elle aurait donné n'importe quoi pour parvenir à s'en débarrasser.

Dans le magasin où elle avait vu le Père Noël, un nouvel étalage, tout aussi crispant, avait été disposé. Même lorsqu'elle était en retard à son rendez-vous avec M. Revercomb, comme c'était le cas aujourd'hui, Sylvia ne pouvait s'empêcher de s'arrêter devant la vitrine. Une jeune fille en plâtre, avec un regard d'une extraordinaire intensité dans ses yeux de verre, pédalait sur une bicyclette à un rythme absolument fou. Les rayons des roues tournaient à une telle vitesse qu'on se sentait comme hypnotisé, mais, bien sûr, la bicyclette n'avançait pas ; tout cet effort insensé, et la pauvre fille clouée sur place : un vrai drame humain, et qui rappelait tellement à Sylvia sa propre situation, qu'elle en éprouvait chaque fois une réelle angoisse. Et de nouveau la musique de la boîte à cigares se déroula dans sa tête : le refrain, son frère, la maison, une danse d'école, la maison, le refrain ! M. Revercomb ne pouvait-il pas l'entendre ? Son regard pénétrant était si lourd de soupçons et d'ennui. Pourtant il parut satisfait du rêve de Sylvia, qui reçut, des mains de Miss Mozart, une enveloppe contenant dix dollars.

— J'ai eu un rêve de dix dollars, dit-elle à Oreilly, qui répondit en se frottant les mains :

— Bravo, c'est excellent ! mais, quand même, c'est bien ma chance : tu aurais dû l'avoir plus tôt, parce que, entre-temps, j'ai fait quelque chose de terrible. J'étais dans un magasin de liqueurs en haut de la rue, j'ai pris un quart et je suis parti en courant.

Sylvia refusa de le croire jusqu'à ce qu'il exhibât de son pardessus rapiécé une bouteille de Bourbon, à moitié vide déjà.

— Vous allez avoir des ennuis, un de ces jours, dit-elle, et alors moi, qu'est-ce que je deviendrai ? Je ne sais pas ce que je pourrais faire sans vous.

Oreilly se mit à rire et se versa un coup de whisky dans un grand verre. Ils étaient attablés dans un café ouvert toute la nuit, dont les grossières peintures murales et les glaces bleuâtres semblaient animer un énorme entrepôt de victuailles. Aux yeux de Sylvia, c'était un bouge immonde, et pourtant ils s'y retrouvaient fréquemment pour dîner ; d'ailleurs, même si elle en avait eu les moyens, elle eût été bien en peine de trouver un autre endroit, car ce couple d'une jeune fille et d'un ivrogne titubant présentait vraiment un aspect étrange. Même ici, ils attiraient souvent les regards ; lorsque les gens les regardaient trop fixement, Oreilly attendait un instant, puis disait en se redressant :

— Bonjour, ma souris. Il me semble que c'est pas la première fois que je te vois, hein ? Toujours en train de travailler dans le salon pour hommes ?

Mais, en général, on les laissait tranquilles dans leur coin, et parfois ils restaient à bavarder jusqu'à deux ou trois heures du matin.

— Heureusement que les autres ouailles de M. Maléfique n'ont pas su que tu as gagné ces dix dollars : il y aurait sûrement quelqu'un pour aller raconter que tu avais volé le rêve ! Ça m'est arrivé une fois. Ils se bouffent entre eux, tous tant qu'ils sont ; jamais vu une bande de salauds comme ça, pires que des acteurs, des clowns ou des hommes d'affaires. C'est fou, quand on y pense : tu te fais du mauvais sang, tu te demandes si tu vas dormir, si tu auras un rêve, si tu t'en souviendras. Et ainsi de suite, la roue tourne. Et un beau jour tu reçois deux ou trois dollars et tu t'empresses d'aller les dépenser en whisky ou en petites pilules pour dormir. Et le résultat, c'est que tu te retrouves un jour en train de bouffer les pissenlits par la racine. Eh bien ! fillette, tu sais à quoi ça ressemble ? Ça ressemble à la vie.

— Non, Oreilly, ça ne ressemble pas à la vie. Ça n'a rien de commun avec la vie. C'est plutôt comme si on était mort. J'ai l'impression qu'on m'a tout pris, comme si j'avais été attaquée par un brigand et qu'il m'avait volée jusqu'aux os. Oreilly, je vous assure que je n'ai pas la moindre ambition, moi qui en ai toujours eu tant. Je n'y comprends rien et je ne sais pas quoi faire.

Il grimaça :

— Et tu prétends que ça ne ressemble pas à la vie ? Personne ne comprend la vie et personne ne sait quoi faire.

— Soyez sérieux, dit-elle, rangez-moi ce whisky et mangez votre soupe avant qu'elle ne gèle dans votre assiette.

Elle alluma une cigarette et ses sourcils se froncèrent encore davantage, car la fumée lui piquait les yeux.

— Si seulement je savais ce qu'il veut en faire de ses rêves, tous tapés à la machine et soigneusement classés ! Vous avez raison de l'appeler M. Maléfique. Ça ne peut pas être une simple idée de charlatan ; il y a sûrement autre chose, ça ne peut pas être aussi bête. Mais pourquoi donc veut-il des rêves ? Aidez-moi, Oreilly, réfléchissez, réfléchissez, qu'est-ce que ça veut dire ?

Oreilly se versa un autre verre en louchant horriblement ; son rictus clownesque s'effaça et ses lèvres se durcirent en une ligne de raideur magistrale :

— Ça vaut un million de dollars, une question comme ça, fillette. Pourquoi ne demandes-tu pas quelque chose de facile, comme de guérir le rhume de cerveau ? Oui, fillette, qu'est-ce que ça peut bien vouloir dire ? J'ai passé pas mal d'heures à y réfléchir, tu sais. Même que ça m'est arrivé d'y penser en faisant l'amour avec une femme ou en plein milieu d'une partie de poker.

Il avala son whisky et frissonna.

— Tiens ; un rêve peut naître d'un simple son : le bruit d'une seule voiture qui passe dans la rue peut plonger des dizaines de dormeurs dans les profondeurs d'eux-mêmes. C'est drôle de penser à cette voiture qui roule dans la nuit et draine un tel cortège de rêves. Une histoire de sexe, un brusque changement de lumière, une cuite, autant de clés qui peuvent ouvrir les portes de notre intimité. Mais la plupart des rêves commencent parce qu'il y a en nous des furies qui soufflent et défoncent tous les murs. Tu vois, je ne crois pas en Jésus-Christ, mais je crois que les gens ont une âme, et je me l'imagine comme ça : les rêves sont l'esprit de l'âme et ce qu'il y a de plus vrai en nous. Quant à M. Maléfique, sans doute qu'il n'a pas d'âme, alors il grignote, miette par miette, celles des autres, il les vole, comme il volerait tes poupées ou l'aile de poulet dans ton assiette. Des centaines d'âmes sont passées entre ses mains pour finir dans un fichier.

— Oreilly, soyez sérieux ! répéta Sylvia, qui croyait qu'il continuait à plaisanter. Tiens, regardez, votre soupe est...

Elle s'arrêta net, effrayée par l'expression singulière d'Oreilly. Il regardait du côté de l'entrée. Trois hommes étaient là, deux policiers et un civil qui portait une veste d'employé de bureau. Ce dernier montrait leur table du doigt. Les yeux d'Oreilly firent le tour de la salle, avec un désespoir de bête prise au piège ; il soupira, et, s'appuyant sur le dossier de sa chaise, se versa solennellement un autre verre.

— Bonjour, messieurs, dit-il, lorsque les représentants de l'ordre furent en face de lui, voulez-vous prendre un verre avec nous ?

— Vous n'allez pas l'arrêter ! gémit Sylvia, vous n'allez pas arrêter un clown !

Elle leur lança son billet de dix dollars, mais ils

n'y prêtèrent aucune attention ; elle se mit alors à cogner sur la table. Tous les consommateurs observaient le spectacle, et le patron arriva en se tordant les mains. Les policiers demandèrent à Oreilly de se lever.

— À vos ordres, dit-il, encore que je sois extrêmement peiné de voir que vous vous dérangez pour un délit aussi minime que le mien, alors qu'il y a partout des brigands de grande envergure au travail. Ainsi cette charmante enfant, — il s'avança entre les officiers et montra Sylvia, — est la dernière victime d'une vaste entreprise de vol : pauvre gosse, on lui a volé son âme.

*

Après l'arrestation d'Oreilly, Sylvia ne bougea pas de sa chambre pendant deux jours : le rebord de la fenêtre s'illumine de soleil, puis tout devient sombre. Le troisième jour, comme elle avait épuisé sa provision de cigarettes, elle se risqua jusqu'au *delicatessen* du coin. Elle acheta un paquet de biscuits, une boîte de sardines, un journal et des cigarettes. Pendant ces deux jours, elle n'avait rien mangé ; aussi éprouvait-elle une délicieuse et vivifiante impression de légèreté ; mais lorsqu'elle eut regrimpé les escaliers et refermé sa porte avec un soupir de soulagement, elle se sentit tellement lasse qu'elle n'eut plus la force d'arranger le canapé. Elle se laissa glisser sur le parquet et y resta étendue jusqu'à ce que le jour à nouveau se levât. Après coup, elle crut que cela avait duré environ vingt minutes. Elle alluma la radio et la fit marcher à toute force, puis traîna une chaise près de la fenêtre et ouvrit le journal sur ses genoux : « Lana nie, La Russie refuse, Les Mineurs transigent... » Il y avait quelque chose de beaucoup plus triste que tout ça, c'est que la vie continuait : pour ceux qui perdent leurs amours, la vie devrait s'arrêter, comme le monde devrait s'arrêter lorsque meurt un homme : et jamais cela n'arrivait ! Voilà la vraie raison pour laquelle les gens se levaient au petit jour tous les matins : non parce que ça avait de l'importance, mais justement parce que ça n'en avait aucune. D'ailleurs, en y réfléchissant, si M. Revercomb réussissait un jour à prendre à chacun tous ses rêves, et s'il les rassemblait, peut-être... — l'idée glissa, et se perdit dans l'enchevêtrement de la radio et du journal. « Baisse de la température. » Une tempête de neige traverse le Colorado, traverse l'Ouest, s'écrase sur toutes les petites villes, jaunit les lumières, comble ici et là les traces de pas : vrai, comme elle est vite arrivée, la tempête de neige ! Les toits, le terrain vague, et le lointain blanchi qui s'éloigne encore : toujours plus profond comme un abîme de sommeil. Elle regarda le journal et regarda la neige. Il a dû neiger toute la journée. C'est impossible que ça ait juste commencé maintenant. On n'entendait aucun bruit de circulation dans les rues ; là-bas, sur le terrain vague, des enfants faisaient cercle autour d'un feu de joie ; une voiture, ensevelie le long du trottoir, laissait scintiller ses lanternes, S.O.S. silencieux comme la détresse d'un cœur. Sylvia émietta un biscuit et en saupoudra le rebord de la fenêtre : des oiseaux viendraient lui tenir compagnie. Et, pour eux, elle laissa la fenêtre ouverte ; la bourrasque éparpillait sur le parquet des flocons qui fondaient comme des joyaux de Premier Avril. « ... présente : Pour que la vie soit belle. » Baisse cette radio. La sorcière des bois frappa à la porte. « Entrez, Miss Halloran », dit-elle, et elle éteignit la radio. Calme de neige, silence de sommeil ; seule la mélopée lointaine des enfants autour du feu de joie ; et la pièce était bleue de froid, plus froide que le froid des contes de fées : « Repose-toi, mon cœur, parmi les fleurs de givre de l'igloo. Monsieur Revercomb, pourquoi attendez-vous sur le seuil ? Entrez donc, je vous en prie, il fait froid là dehors. »

Le moment du réveil, en revanche, fut chaud et ferme. La fenêtre était close et des bras d'homme enlaçaient Sylvia. Il chantait pour elle, de sa voix gentille, mais un peu affectée : « Parfum des cerises, parfum des sous, parfum de bonheur, ha ! le meilleur de tous est un parfum d'amour ! »

— Oreilly, est-ce..., est-ce vraiment vous ?

Il la pressa dans ses bras :

— Voilà que le bébé est réveillé. Et comment se sent-il ?

— J'ai cru que j'étais morte, dit-elle, tandis que le bonheur voltigeait en elle comme un oiseau blessé qui a sauvé ses ailes.

Elle essaya de l'étreindre, mais elle était trop faible.

— Je vous aime, Oreilly, vous êtes mon seul ami et j'ai eu si peur. Je croyais que je ne vous reverrais jamais plus.

Elle s'arrêta, se rappelant ce qui s'était passé :

— Mais, pourquoi n'êtes-vous pas en prison ?

Le visage d'Oreilly rosit et parut tout amusé.

— Je n'ai jamais été en prison, dit-il mystérieusement. Mais, avant tout, mangeons quelque chose. J'ai ramené du ravitaillement, ce matin, du *delicatessen*.

Elle eut soudain la sensation de flotter.

— Depuis combien de temps êtes-vous là ?

— Depuis hier, dit-il, s'affairant autour d'elle avec des paquets et des assiettes en papier. C'est vous-même qui m'avez fait entrer.

— Non ! C'est impossible. Je ne m'en souviens absolument pas.

— Je sais, dit-il ; et il n'aborda plus le sujet. Là, bois ton lait, comme un enfant bien sage, et je te raconterai une histoire immorale et vraie ! Oh ! tu vas voir, c'est du sport ! promit-il, en se tapant joyeusement les côtes avec un air de plus en plus clownesque. Oui, comme je te l'ai dit, je n'ai jamais été en prison, et ce coup de chance m'est arrivé parce que, figure-toi, ces abrutis étaient en train de me bousculer dans la rue, quand, tout à coup, qu'est-ce que je vois ? Une forme qui se dirige en se dandinant vers nous, oui, la femme gorille, tu l'as deviné, Miss Mozart elle-même ! « Hé ! que j'lui dis, c'est l'heure d'aller se faire faire la barbe ? — On vous a tout de même arrêté, ce n'est pas trop tôt, dit-elle en souriant à un des cognes. Faites votre travail, monsieur l'agent. — Oh ! je lui dis, on ne m'a pas arrêté. Non, vous voyez, je vais de ce pas au poste de police pour vous moucharder, vous, sale communiste ! » Alors elle se mit à beugler, tu peux un peu t'imaginer comment ; elle m'agrippa et les flics l'agrippèrent. Et Dieu sait que je les ai prévenus. Je leur ai dit : « Attention, les gars, elle a du poil sur les nichons ! » Et je te jure qu'elle s'est débattue ! Alors, moi, je me suis dégagé et j'ai en quelque sorte continué mon chemin. Tu comprends, je n'ai jamais été très partisan de regarder les gens se bourrer de coups comme ils font ici !...

Oreilly resta avec Sylvia, dans la chambre, toute la fin de la semaine. Elle ne se rappelait pas avoir été aussi heureuse : d'abord jamais elle n'avait tant ri, et puis, jamais elle ne s'était sentie si aimée, même dans sa famille. Oreilly était un fin cuisinier et préparait des plats délicieux sur le petit fourneau électrique ; une fois, il recueillit de la neige sur le rebord de la fenêtre et fit des sorbets parfumés au sirop de fraise. Dès dimanche, elle se sentit assez forte pour danser. Ils firent marcher la radio et dansèrent jusqu'à ce qu'elle tombât sur ses genoux, essoufflée et souriante.

— Jamais plus je n'aurai peur, dit-elle ; d'ailleurs je ne sais pas au juste de quoi j'avais peur avant.

— Des mêmes choses dont vous aurez peur à la prochaine occasion, répondit calmement Oreilly. C'est un privilège de M. Maléfique : personne ne sait qui il est, — pas même les enfants, et pourtant ils savent tout en général.

Sylvia s'accouda à la fenêtre ; une blancheur arctique recouvrait la ville, mais la neige ne tombait plus et la nuit était claire comme de la glace ; très haut, au-dessus de la rivière, elle vit la première étoile du soir.

— J'ai vu la première étoile, dit-elle, en croisant ses doigts.

— Et quel est votre vœu quand vous voyez la première étoile ?

— Je demande à en voir une autre, répondit-elle. Du moins est-ce ce que je demandais d'habitude.

— Mais ce soir ?

Elle s'assit sur le parquet et appuya la tête contre les genoux d'Oreilly.

— Ce soir, je voudrais qu'on me rende mes rêves.

— Est-ce que nous n'avons pas tous le même désir ? dit Oreilly en lui caressant les cheveux. Mais, dis-moi, qu'est-ce que tu ferais ? Qu'est-ce que tu ferais, si tu retrouvais tes rêves ?

Sylvia garda le silence un moment ; quand elle se remit à parler, ses yeux semblaient distants et pleins de gravité.

— Je voudrais retourner à la maison, dit-elle lentement, et ceci est une terrible décision, car elle signifierait que je renonce à la plupart de mes autres rêves. Oui, si M. Revercomb voulait me rendre mes rêves, je rentrerais chez moi demain.

Sans dire un mot, Oreilly se dirigea vers la penderie et tendit à Sylvia son manteau.

— Mais, pourquoi ? dit-elle, comme il l'aidait à l'enfiler.

— Peu importe, dit-il, fais seulement ce que je te dis. Nous allons rendre visite à M. Revercomb, et tu lui demanderas qu'il te rende tes rêves. C'est à tenter.

Sylvia se mit en travers de la porte :

— Je vous en prie, Oreilly, ne me faites pas faire ça. Je ne peux pas, je vous assure, j'ai peur.

— Je croyais que tu disais que tu n'aurais plus jamais peur.

Une fois dans la rue, il la fit marcher si rapidement dans le vent, qu'elle n'eut pas le temps d'avoir peur. C'était dimanche ; les magasins étaient fermés et les feux de circulation semblaient ne scintiller que pour eux, car, tout au long de l'avenue tapissée de neige, aucune voiture ne bougeait. Sylvia, qui finissait par oublier où ils allaient, parlait de tout et de rien : tiens ! juste au coin, c'est là qu'elle avait aperçu Greta Garbo, et là-bas, elle avait vu une vieille femme écrasée. Bientôt cependant elle se tut, à bout de souffle, et comme terrassée par une constatation soudaine :

— Je ne peux pas, Oreilly ! dit-elle en faisant un pas en arrière ; qu'est-ce que je vais lui dire ?

— Fais ça comme si tu traitais une affaire, répondit Oreilly. Dis-lui à brûle-pourpoint que tu as envie de récupérer tes rêves, et que s'il te les donne, tu lui rendras l'argent, par mensualités, bien entendu. Ça me paraît assez simple. Je ne vois pas pourquoi il ne pourrait pas te les donner : ils sont tous là, dans un fichier.

Plutôt convaincue par ces paroles, Sylvia, frappant le sol de ses pieds transis, se remit à marcher bravement.

— Bon, je t'aime mieux comme ça, dit Oreilly.

Ils se séparèrent dans la Troisième Avenue, car Oreilly estimait qu'il ferait mieux de ne pas trop se risquer pour l'instant dans les alentours de la maison de M. Revercomb. Il se dissimula sous un porche, frottant de temps en temps une allumette, et chantant tout haut : « Ah ! le meilleur de tous est un parfum de whisky. » Allongé comme un loup, un chien décharné marchait furtivement à travers les tranches de lune découpées par les arches du métro, et, sur le trottoir opposé, des hommes attroupés devant un bar formaient un groupe d'ombres estompées : l'idée qu'il pourrait peut-être écornifler un verre là-bas le fit vaciller.

Et, juste comme il avait décidé de tenter peut-être quelque chose d'approchant, Sylvia réapparut. Elle était déjà blottie dans ses bras, avant même qu'il l'eût vraiment reconnue.

— Voyons, chérie, ça ne peut pas aller si mal que ça, dit-il d'une voix douce, en la tenant le plus fort qu'il pouvait. Ne pleure pas, mon petit : il fait trop froid pour pleurer : tu vas te gercer la figure.

Mais elle, sans dire un mot, car les sons s'étranglaient dans sa gorge, continuait de pleurer ; puis, au paroxysme des larmes, elle se mit à rire, d'une façon saccadée et tout à fait anormale.

— Vous savez ce qu'il a dit ? fit-elle d'une voix entrecoupée. Vous savez ce qu'il a dit quand je lui ai demandé mes rêves ?

Sa tête retomba en arrière, et son rire, devenu strident, emplit la rue, comme un cerf-volant bariolé qui aurait été lâché... Oreilly, à la fin, dut la secouer par les épaules.

— Il a dit... que je ne pouvais pas les reprendre parce que... parce qu'il les avait tous utilisés jusqu'au dernier.

Sylvia n'ajouta pas un mot ; son visage, soudain radouci, n'exprimait plus rien. Elle donna son bras à Oreilly, et ils descendirent tous deux dans la rue ; mais on les eût pris pour deux amis qui arpentent un quai de gare, chacun dans l'attente du train qui doit emporter l'autre. Quand ils eurent atteint le coin, Oreilly s'éclaircit la voix et dit :

— Voilà, je crois que je ferais mieux de filer ici. C'est un endroit comme un autre.

Sylvia s'agrippa à sa manche :

— Mais où donc irez-vous, Oreilly ?

— Voyager dans le bleu, répondit-il avec un sourire forcé qui eut peine à se dessiner.

Elle ouvrit son sac à main.

— Un homme ne peut voyager dans le bleu sans une bouteille, dit-elle.

En lui donnant un baiser sur la joue, elle glissa un billet de cinq dollars dans sa poche.

— Dieu te garde, fillette.

Peu importait que ce fussent ses derniers sous et qu'elle eût maintenant à rentrer chez elle à pied, au milieu de la solitude. La neige amoncelée formait comme une mer toute blanche avec des vagues blanches poussées par les vents et les marées lunaires. Elle grimpa sur l'un des tas.

« Je ne sais pas ce que je désire, et peut-être ne le saurai-je jamais ; mais, après chaque étoile, mon seul vœu sera d'en voir une autre. Et, réellement, je n'ai pas peur », pensa-t-elle.

Deux garçons sortirent d'un bar et la dévisagèrent : il y a bien longtemps, dans un parc, elle avait vu deux garçons, et peut-être étaient-ce les mêmes.

« Réellement je n'ai pas peur », se dit-elle, en entendant derrière elle leurs foulées neigeuses ; et, de toute façon, il n'y avait plus rien à voler.

(Traduit par S. Doubrovsky.)

TELS DES ENFANTS, AU JOUR DE LEUR ANNIVERSAIRE

(Cette histoire est dédiée à Andrew Lyndon.)

C'est hier après-midi que Miss Bobbit s'est fait écraser par l'autobus de six heures. Je ne sais trop ce qu'il convient d'en dire — après tout elle n'avait que dix ans — mais je suis convaincu que pas un de nous, dans cette ville, ne l'oubliera jamais. D'abord, elle n'a jamais rien fait qui fût ordinaire, cela dès la première fois que nous la vîmes, et c'était il y a un an. Miss Bobbit et sa mère étaient arrivées par ce même autobus de six heures, celui qui vient directement de Mobile. Il se trouvait que c'était l'anniversaire de mon cousin Billy Bob, et c'est pourquoi presque tous les enfants de la ville étaient réunis chez nous. Nous étions alignés sur le perron de devant, en train de déguster de la glace aux fruits et du gâteau au chocolat, quand l'autobus enfila à toute allure le « Virage de la Mort ». C'était pendant cet été où on n'a pas eu une goutte d'eau ; la sécheresse recouvrait tout d'une couche pareille à de la rouille ; parfois, quand une voiture passait sur la route, la poussière soulevée planait dans l'air immobile, pendant une heure ou plus. Tante El avait coutume de dire que si on ne pavait pas bientôt la grand-rue, elle allait partir pour la côte. Mais il y avait si longtemps qu'elle le disait ! Quoi qu'il en soit, nous étions installés sur le perron, et la glace aux fruits fondait dans nos assiettes, quand tout à coup, juste au moment où nous souhaitions qu'il se passât quelque chose, quelque chose arriva en effet, car, de la poussière ocre de la route, Miss Bobbit surgit. C'était une petite fille mince et nerveuse, habillée d'une robe de cérémonie empesée, de couleur jaune citron, elle s'avançait en minaudant comme une grande personne, une main sur la hanche et tenant de l'autre un parapluie de vieille fille. Sa mère, traînant deux valises bon marché et un phono à manivelle, suivait derrière. C'était une grande femme maigre, ébouriffée, les yeux inexpressifs et le sourire avide.

Tous les enfants sur le perron étaient devenus si tranquilles que, lorsqu'un bataillon de guêpes fit entendre son bourdonnement, les filles oublièrent de pousser leurs habituels piaillements de frayeur. Leur attention était trop fixée sur Miss Bobbit et sa mère, qui avaient à ce moment atteint la porte d'entrée.

— Je vous demande pardon, dit Miss Bobbit d'une voix à la fois précieuse et enfantine, comme un joli bout de ruban, exacte et pure comme celle d'une actrice ou d'une maîtresse d'école, est-ce que nous pourrions parler aux grandes personnes qui habitent ici ?

Ce qui signifiait tante El, et moi, dans une certaine mesure. Mais Billy Bob et tous les autres garçons, dont pas un n'avait plus de treize ans, nous escortèrent jusqu'à la porte d'entrée. C'était à croire qu'ils n'avaient jamais vu de fille jusque-là, pas une en tout cas qui ressemblât à Miss Bobbit. Pour reprendre les mots de tante El : « Qui a jamais entendu parler d'une enfant maquillée ? » Le fard donnait à ses lèvres un éclat orange ; ses cheveux, échafaudage de boucles roses, faisaient penser à une perruque pour bal costumé, et ses sourcils inclinés et marqués au crayon lui donnaient un regard averti. Son corps frêle ne manquait pas de dignité ; il y avait de la grande dame en elle et, par surcroît, elle vous regardait dans les yeux avec une franchise toute masculine :

— Je suis Miss Lily Jane Bobbit, Miss Bobbit de Memphis, Tennessee, annonça-t-elle solennellement.

Les garçons fixèrent le bout de leurs pieds, tandis que sur le perron, les filles, sous l'impulsion de Cora Mac Call, que Billy Bob courtisait à l'époque, éclatèrent en une cascade de rires aigus.

— Des petites campagnardes, fit Miss Bobbit avec un sourire condescendant, et elle fit un moulinet insolent avec son ombrelle. Ma mère, et cette personne sans distinction eut une inclinaison de tête pour répondre à son nom, ma mère et moi avons retenu des chambres ici. Voulez-vous être assez aimable pour nous montrer la maison. Il s'agit de celle de Mrs. Sawyers.

— Oh ! bien volontiers, dit tante El. Voilà la maison de Mrs. Sawyers, juste en face.

C'est la seule pension de famille des alentours, une grande bâtisse, vieille et sombre, sur le toit de laquelle sont installés une vingtaine de paratonnerres : Mrs. Sawyers a une peur bleue des orages.

Devenant rouge comme une tomate, Billy Bob dit :

— Je vous demande pardon, madame, puisqu'il fait si chaud et ainsi de suite, est-ce que ça vous ferait plaisir de vous reposer un peu et de prendre un peu de glace aux fruits ?

Miss Bobbit secoua la tête :

— Trop nourrissant, la glace aux fruits, mais je vous dis grand merci.

Elles entreprirent de traverser la rue, la mère traînant à moitié ses bagages dans la poussière, mais Miss Bobbit se retourna avec une expression sérieuse, le jaune d'or de ses yeux s'assombrit, elle les roula légèrement de côté, comme si elle cherchait à se rappeler un poème :

— Ma mère a des difficultés d'élocution, annonça-t-elle rapidement, il faut donc que je parle à sa place.

Elle poussa un soupir :

— Ma mère est une très bonne couturière, elle a fait des robes pour les femmes du monde de plusieurs villes, dont Memphis et Tallahassee. Vous avez remarqué sans doute et admiré la robe que je porte, elle a été entièrement cousue à la main par ma mère. Ma mère peut copier n'importe quel patron et elle a gagné récemment un prix de vingt-cinq dollars offert par le *Ladies Home Journal*. Ma mère sait aussi faire du crochet, tricoter, broder. Pour n'importe quel travail de couture que vous aurez à faire faire, adressez-vous à ma mère, je vous prie. Je vous serais reconnaissante d'en parler à vos amis et parents. Merci.

Et dans un froufrou de soie froissée, elle disparut.

Cora Mac Call et les autres filles tiraient nerveusement sur leurs rubans ; elles semblaient très décontenancées et dépitées.

— « Je suis Miss Bobbit », fit Cora, avec une grimace qui voulait être une imitation méchante, moi, je suis la princesse Élisabeth, voilà ce que je suis ha, ha. D'ailleurs cette robe était minable au possible. Mes vêtements à moi viennent d'Atlanta, sans compter ma paire de souliers de New York et pour ne rien dire de ma bague de turquoise qui vient en droite ligne de Mexico, capitale du Mexique.

Tante El leur dit qu'il n'était pas charitable de se conduire ainsi envers une petite fille comme elles, et qui était étrangère en cette ville, mais elles continuèrent, comme une bande de harpies, et il y eut des garçons, les moins dégourdis, ceux qui aimaient être avec les filles, pour s'en mêler et dire des choses qui firent rougir tante El, laquelle déclara qu'elle allait tous les renvoyer chez eux et que, de plus, elle préviendrait leurs papas. Mais avant qu'elle eût pu mettre cette menace à exécution, Miss Bobbit réapparut et traversa le perron des Sawyers, affublée de vêtements différents et sensationnels.

Les garçons les plus âgés, tels Billy Bob et Preacher Star, qui étaient restés assis tranquilles pendant que les filles se gaussaient de Miss Bobbit, et qui contemplaient la maison où elle avait disparu avec une expression rêveuse de désir, se dressèrent alors et descendirent jusqu'à la porte d'entrée.

Cora Mac Call eut un petit rire méprisant et fit la moue, mais tous les autres allèrent s'asseoir sur les marches. Miss Bobbit ne nous accorda pas la moindre attention. La cour des Sawyers est ombragée par des mûriers et plantée d'herbe et d'arbustes odoriférants. Parfois, après la pluie, leur parfum est perceptible jusque chez nous. Au milieu de la cour il y a un cadran solaire que Mrs. Sawyers installa en 1912 à la mémoire de son taureau de Boston, Sunny, qui mourut après avoir lapé un seau de peinture. Miss Bobbit traversa la cour d'un pas léger, portant le gramophone. Elle alla le poser sur le cadran solaire, le remonta et mit un disque ; il se mit à jouer le *Comte de Luxembourg*. La nuit était presque venue maintenant. C'était l'heure des lucioles, baignée de clarté bleue laiteuse ; les oiseaux, comme des flèches, plongeaient ensemble et disparaissaient dans le feuillage des arbres. Avant les orages, les feuilles et les fleurs semblent être illuminées par un éclairage, un coloris particuliers. Miss Bobbit prise dans une petite jupe blanche pareille à une houppette, les cheveux noués de rubans aux paillettes d'or étincelantes semblait, silhouettée qu'elle était sur un arrière-plan de ténèbres grandissantes, bénéficier de ce privilège lumineux. Elle se tenait sur la pointe des pieds, les bras arrondis en arceau au-dessus de sa tête, les mains pendantes comme des corolles. Elle demeura ainsi pendant un long moment, et tante El dit que c'était rudement calé de sa part. Puis elle commença à valser, tournant, tournant et encore et toujours, si bien que tante El finit par dire qu'elle était tout étourdie de la regarder. Elle s'arrêta seulement quand il fallut remonter le phono. Et quand la lune se mit à dévaler les croupes montagneuses, quand les enfants furent rentrés chez eux, et que l'iris de la nuit commença à s'épanouir, Miss Bobbit était toujours là dans le noir, tournant comme une toupie.

Nous ne la revîmes pas pendant quelque temps. Preacher Star venait tous les matins et restait toute la journée jusqu'au dîner. Preacher est un garçon mince comme un fil, avec une tignasse de cheveux roux ébouriffés. Il a onze frères et sœurs, et ils ont peur de lui, car il a un très violent caractère et est célèbre par ici pour sa méchanceté jalouse. Le 4 juillet dernier, il a administré une telle correction à Ollie Overton, que la famille d'Ollie a dû l'envoyer à l'hôpital de Pensacola ; une autre fois, il coupa avec ses dents un morceau d'oreille à une mule, le mastiqua et le recracha. Tant que Billy Bob n'eut pas grandi, Preacher Star lui en fit voir de toutes les couleurs, à lui aussi. Il lui glissait du poil à gratter dans son col, lui frottait les yeux de poivre et lui déchirait ses devoirs. Mais maintenant, ce sont les plus grands amis de la ville, toujours du même avis, toujours ensemble ; ils disparaissent tous les deux pendant des jours entiers et Dieu sait où ils vont ! Mais pendant cette période où Miss Bobbit fut invisible, ils ne s'éloignèrent pas de la maison. Ils baguenaudaient dans la cour, essayaient de dégotter avec leurs frondes les moineaux sur les poteaux télégraphiques, ou bien Billy Bob jouait de l'ukulule et ils chantaient si fort, que l'oncle de Billy Bob qui est juge de ce comté disait que ça s'entendait jusqu'au tribunal.

Envoie une lettre
Donne-la au courrier
Prison de Birmingham
Aux bons soins du geôlier.

Miss Bobbit, elle, ne les entendait pas ou, du moins, pas une fois n'avança la tête à la porte.

Puis, un jour que Mrs. Sawyers était venue emprunter du sucre, elle en raconta de belles sur ses nouvelles pensionnaires :

— Vous savez, dit-elle, louchant de ses petits yeux vifs de poule, vous savez, le mari était un escroc. C'est la petite fille qui me l'a dit. Pas honte pour deux sous, pas un brin... Dit que son papa est le plus cher des papas et le chanteur le plus mélodieux de tout le Tennessee. Alors je lui demande : « Et où est-il maintenant, mon petit ? » Alors, de l'air le plus détaché du monde, elle me dit : « Oh ! il est au pénitencier, et nous ne savons plus rien de lui. » Vous trouvez pas que c'est à vous donner le frisson ? Et puis je crois bien que sa maman, j'ai idée que ça doit être plus ou moins une étrangère ; dit jamais un mot et il y a des moments où on se demande si elle comprend ce que les gens disent ; et vous savez elles mangent tout *cru* : œufs crus, navets et carottes crus et jamais de viande, pour des raisons de santé, dit la petite. N'empêche qu'elle est au lit avec la fièvre depuis mardi.

C'est ce même après-midi que tante El, qui était allée arroser ses roses, s'aperçut qu'elles avaient disparu. C'étaient des roses d'une espèce rare et elle voulait les envoyer à l'exposition de fleurs de Mobile. C'est ce qui explique qu'elle a un peu perdu la tête. Elle téléphona au shérif :

— Il faut que vous veniez ici en vitesse, il y a que quelqu'un m'a volé mes « Lady Anne », dont je prends soin comme de la prunelle de mes yeux depuis le début du printemps.

Quand la voiture du shérif s'arrêta devant chez nous, tous les voisins de la rue sortirent sur le pas de leurs portes et Mrs. Sawyers apparut, le visage tout blanc sous une couche de crème, et traversa la route en trottant.

— C'est à cause de cela ! s'exclama-t-elle, très déçue de voir que personne n'avait été assassiné... On ne vous les a pas prises, vos roses, c'est votre Billy Bob qui les a portées chez moi et qui a dit que c'était pour la petite Bobbit.

Tante El ne dit pas un mot. Elle alla seulement au pêcher et se coupa une baguette.

— Billy Bob, oh ! oh !

Elle suivit la rue en criant son nom et elle finit par le trouver au garage Speedy avec Preacher Star. Ils étaient en train de regarder Speedy démonter un moteur. Elle attrapa Billy par les cheveux et le traîna à la maison en lui administrant une volée de bois vert, mais elle ne put lui faire demander pardon, ni le faire pleurer. Et quand elle en eut fini avec lui, il courut à l'arrière-cour et grimpa au faîte d'un noyer et jura qu'il n'en descendrait plus. Quand son papa rentra et que ce fut l'heure du dîner, le papa alla à la fenêtre et l'appela :

— Mon garçon, nous ne sommes plus fâchés contre toi ; descends donc et viens dîner.

Mais Billy Bob ne voulait pas bouger. Tante El vint se pencher contre l'arbre. Elle parlait d'une voix douce comme la lumière du soir.

— Je te demande pardon, mon petit, dit-elle. Je ne voulais pas te frapper si fort que cela. J'ai fait un bon dîner, mon petit, de la salade de pommes de terre, du jambon bouilli, et des œufs frits.

— Va-t'en, dit Billy Bob, je ne veux pas dîner, et je te hais comme la peste.

Son père lui dit qu'il ne devait pas parler comme ça à sa mère, et elle se mit à pleurer. Elle se tint là sous l'arbre et pleura, soulevant le bas de sa jupe pour s'essuyer les yeux.

— Je t'aime bien, mon petit ; si je ne t'aimais pas, je ne t'aurais pas battu.

Les feuilles du noyer commencèrent à remuer, et Billy Bob se laissa glisser lentement jusqu'au sol ; tante El, lui passant les doigts dans les cheveux, l'attira à elle :

— Oh m'man ! oh m'man, disait-il.

Après dîner, Billy Bob vint se jeter au pied de mon lit. Il avait cette odeur à la fois âcre et douce qu'ont les jeunes garçons et j'eus pitié de lui, surtout parce qu'il avait l'air si préoccupé. Ses yeux étaient presque clos de souci.

— C'est une chose qui se fait, d'envoyer des fleurs aux malades, remarqua-t-il judicieusement.

À ce moment, le phono fit entendre un air lointain et bien rythmé. Un papillon de nuit entra par la fenêtre et voleta dans l'air, délicat comme la musique, mais il faisait nuit maintenant et nous ne pouvions nous rendre compte si Miss Bobbit dansait. Billy Bob, comme s'il souffrait, se replia sur le lit comme un couteau qu'on ferme, mais son visage s'éclaircit soudain, ses yeux avides de garçon vacillèrent comme deux flammes.

— Elle est maligne, murmura-t-il, c'est la fille la plus maligne que j'aie jamais rencontrée, et puis zut ! je m'en fiche, je cueillerais bien pour elle toutes les roses de la Chine.

Preacher, lui aussi, aurait bien cueilli pour elle toutes les roses de la Chine. Il en était aussi fou que Billy Bob, mais Miss Bobbit ne leur accordait aucune attention. Tout ce que nous eûmes d'elle, ce fut un mot adressé à tante El et la remerciant pour les fleurs. Jour après jour, elle venait s'asseoir sur le perron, toujours sur son trente et un, et brodait, peignait ses boucles ou lisait un dictionnaire Webster, cérémonieuse, mais aimable tout de même. Si vous lui disiez bonjour, elle vous répondait bonjour ; pourtant les garçons n'eurent jamais le courage d'aller lui parler, et la plupart du temps elle les ignorait, même quand ils passaient et repassaient devant elle en paradant pour attirer son attention. Ils luttaient, jouaient à Tarzan, faisaient des acrobaties dangereuses sur leurs bicyclettes : c'était un spectacle attristant. La plupart des filles de la ville passaient deux ou trois fois par heure devant la maison Sawyers dans le seul espoir de l'apercevoir. Parmi elles, on remarquait surtout Cora Mac Call, Murphy Jones et Janice Ackerman. Cora refusait maintenant d'adresser la parole à Billy Bob, et Janice observait la même conduite à l'égard de Preacher Star. Janice écrivit même à Preacher une lettre à l'encre rouge et sur papier à bords ajourés, dans laquelle elle lui disait qu'il était plus méprisable qu'il n'était possible de le dire, qu'elle considérait leurs fiançailles comme rompues et qu'il pouvait reprendre l'écureuil empaillé qu'il lui avait donné. Preacher, disant qu'il voulait être gentil, l'arrêta quand elle passa devant notre maison, la fois suivante, et lui dit que si elle voulait, bon Dieu, elle pouvait garder ce vieil écureuil. Il n'a jamais compris après ça pourquoi Janice s'était sauvée en braillant comme elle le fit.

Mais un jour les garçons se montrèrent encore plus déchaînés que d'habitude. Billy Bob déambulait, affublé de l'uniforme de guerre kaki de son père. Preacher, de son côté, sans chemise, s'était dessiné une femme nue sur la poitrine avec un vieux bâton de rouge à lèvres de tante El. Ils avaient l'air de deux parfaits imbéciles. Miss Bobbit allongée sur un fauteuil à bascule ne fit qu'en bâiller. Il était midi et il n'y avait personne dans la rue qu'une petite négresse dodue comme un bébé et aussi ronde qu'une prune, qui fredonnait en portant un seau de mûres. Les garçons, aussi agressifs que des moustiques, se mirent à la taquiner, lui refusant le passage si elle ne payait pas un gage.

— Je ne m'occupe pas de gages, dit-elle ; de quelle sorte de gages voulez-vous parler, monsieur ?

— Tu viens passer un moment dans la grange, dit Preacher entre ses dents, un sacré bon moment dans la grange.

Alors elle haussa les épaules d'un air fâché et dit que les séances dans la grange ne l'intéressaient pas. Là-dessus Billy Bob bascula son seau, et avec des cris aigus de cochon, elle gesticula vainement pour prévenir le désastre. Preacher, qui peut être aussi méchant qu'un démon, lui donna un coup de pied au derrière qui l'envoya s'étaler dans la poussière et dans les mûres. Miss Bobbit traversa la route en trombe, agitant le doigt comme un métronome ; elle battit des mains, frappa du pied tout à fait comme une maîtresse d'école et dit :

— C'est pourtant bien connu que les messieurs sont sur cette terre pour la protection des dames. Est-ce que vous vous imaginez que les garçons se conduisent ainsi dans des villes comme Memphis, New York, Hollywood, et Paris ?

Les garçons reculèrent et fourrèrent leurs mains dans leurs poches. Miss Bobbit aida la petite négresse à se relever, l'épousseta, lui sécha les yeux, sortit un mouchoir et lui dit de se moucher.

— Jolie situation, dit-elle, bel état de choses, vraiment, quand une dame ne peut pas se promener en sécurité en plein jour !

Puis toutes deux retraversèrent la rue et allèrent s'asseoir sur le perron des Sawyers et pendant l'année qui suivit elles ne se quittèrent pour ainsi dire pas, Miss Bobbit et son bébé éléphant, qui répondait au nom de Rosalba Cat. Les premiers temps, Mrs. Sawyers n'accepta pas de bon cœur de voir Rosalba passer ses journées chez elle. Elle déclara à tante El que ça vous retournait les sangs de voir une moricaude se prélasser à la vue de tous sur le perron de devant de sa maison. Mais Miss Bobbit était douée d'une sorte de pouvoir magique et quoi qu'elle entreprît, elle le menait à bien, et cela avec tant de hauteur, tant de détermination qu'il n'y avait rien à faire qu'à l'accepter. Par exemple, les commerçants de la ville avaient coutume de ricaner quand ils l'appelaient « *Miss* » Bobbit mais, petit à petit, elle fut *Miss* Bobbit pour de bon et ils lui faisaient des petits saluts guindés quand elle passait en faisant tournoyer son ombrelle. Miss Bobbit disait à tout le monde que Rosalba était sa sœur, ce qui fut la source de bien des plaisanteries, mais comme toutes ses idées, celle-là finit par sembler naturelle et, quand nous les surprenions à s'appeler « ma sœur Rosalba » et « ma sœur Bobbit », personne n'avait envie de sourire. À elles deux, elles firent des choses peu ordinaires : il y eut l'histoire des chiens ; il y en avait un grand nombre dans notre ville : terriers, chiens de chasse, limiers ; ils erraient dans les rues désertes et surchauffées de soleil, en bandes apathiques d'une demi-douzaine ou plus, n'aspirant tous qu'à la nuit et à la lune, et alors, au beau milieu des heures solitaires de la nuit, vous pouviez les entendre hurler : quelqu'un va mourir, quelqu'un est mort. Miss Bobbit se plaignit au shérif. Elle dit que certains de ces chiens venaient toujours se planter sous sa fenêtre, et que d'abord, elle avait le sommeil léger. D'ailleurs elle était de l'avis de sa sœur Rosalba, elle ne croyait pas du tout qu'il s'agissait de chiens, mais bien d'incarnations du démon. Bien entendu, le shérif ne fit rien du tout ; aussi prit-elle l'affaire en main elle-même. Un matin, après une nuit particulièrement bruyante, on put la voir parcourir la ville, Rosalba à ses côtés. Rosalba portait un grand panier rempli de pierres et, chaque fois qu'elles rencontraient un chien, elles s'arrêtaient ; Miss Bobbit l'examinait soigneusement ; parfois elle secouait la tête, mais le plus souvent elle disait :

— Oui, c'en est un, et sœur Rosalba, avec une

adresse féroce, saisissait une pierre dans le panier et frappait le chien entre les yeux.

L'autre histoire concerne Mr. Henderson. Il a une chambre sur la cour chez Mrs. Sawyers, c'est une sorte de nabot pas commode qui fut autrefois un prospecteur de pétrole à la manque dans l'Oklahoma. Il a près de soixante-dix ans et, comme beaucoup de vieillards, est obsédé par les fonctions corporelles. En plus de ça, c'est un ivrogne invétéré. Une fois, il n'a pas dessoûlé de deux semaines. Chaque fois qu'il entendait Rosalba et Miss Bobbit se déplacer dans la maison, il se ruait sur le palier et, du faîte de l'escalier, braillait à Mrs. Sawyers qu'il y avait des lutins dans les murs, qui essayaient de lui voler son papier hygiénique.

— Ils m'en ont déjà volé pour quinze *cents*, affirmait-il.

Un soir, les deux filles étaient assises sous un arbre dans la cour. Mr. Henderson, vêtu d'une chemise de nuit pour tout appareil, leur bondit dessus :

— Ah, vous volez mon papier hygiénique, je vais vous apprendre, lutins, braillait-il. Faut que quelqu'un vienne à mon aide, sans ça, ces démons en jupon sont capables de s'emparer de la moindre feuille qui se trouve dans cette ville.

Ce furent Billy Bob et Preacher Star qui saisirent et continrent Mr. Henderson, jusqu'à ce que des adultes vinssent le ligoter. Miss Bobbit, qui avait gardé un calme admirable, dit aux hommes qu'ils ne savaient pas faire un nœud, et entreprit de s'en charger. Elle fit de si bonne besogne, que la circulation de Mr. Henderson fut arrêtée dans ses mains et ses pieds et qu'il lui fallut un mois avant de pouvoir remarcher.

Ce fut peu après que Miss Bobbit nous rendit visite. Elle vint un dimanche et j'étais seul à la maison, le reste de la famille étant allé au culte.

— Il est si difficile de supporter les odeurs, à l'église, dit-elle en se penchant en avant, les mains jointes d'une manière affectée : Je ne voudrais pas que vous croyiez que je suis une mécréante, Mr. C., j'ai assez d'expérience pour savoir qu'il y a un dieu et un diable, mais le moyen d'avoir prise sur le diable n'est pas d'aller à l'église pour entendre expliquer qu'il est un misérable gredin, prêt à tout. — Non, il faut aimer le diable comme on aime Jésus parce qu'il est puissant et vous rendra service s'il sait que vous avez confiance en lui. Il m'a souvent rendu service, en particulier à l'école de danse de Memphis ; j'invoquais toujours le diable pour qu'il m'aide à obtenir le rôle le plus important dans notre spectacle annuel. Vous comprenez, je savais que Jésus ne voudrait rien savoir d'une histoire de danse. D'ailleurs à la vérité, j'ai invoqué le diable tout récemment encore. Il est le seul qui puisse me sortir de cette ville, non pas que je vive ici pour de bon, ce n'est pas ce que je veux dire, je pense toujours à quelque autre endroit, un endroit où tout n'est que danse, comme des gens qui dansent dans la rue, où tout est joli, tels des enfants, au jour de leur anniversaire... Mon cher papa dit que je vis dans les nuages, mais s'il avait vécu davantage dans les nuages lui-même, il serait aussi riche qu'il voulait l'être. L'ennui, avec papa, c'est qu'il n'aimait pas le diable, mais se laissait aimer par lui. Je me débrouille très bien moi, à cet égard. Je sais que faire : ce qui se rapproche le plus du meilleur est encore ce qu'il y a de mieux. Venir ici était la chose la plus proche de l'idéal, et puisque je ne puis poursuivre ma carrière, ce qu'il y a de mieux à faire pour moi est de me consacrer à une petite affaire secondaire. C'est ce que j'ai fait. Je suis le seul agent accrédité de ce comté à prendre les abonnements pour une liste impressionnante de revues, comprenant le *Reader's Digest, Popular Mechanics, Dime Detective* et *Child's Life*. Naturellement, Mr. C., je ne suis pas venue pour vous vendre quelque chose, mais il m'est venu une idée : ces deux garçons qu'on voit continuellement traîner par ici, j'ai réfléchi que ce sont des hommes, après tout. Croyez-vous qu'ils pourraient faire une paire d'aides présentables ?

Billy Bob et Preacher Star travaillèrent dur pour Miss Bobbit et pour sœur Rosalba. Sœur Rosalba représentait une marque de cosmétiques appelée *La Goutte de Rosée* et ça faisait partie du travail des garçons d'aller livrer leurs commandes aux clients. Billy Bob revenait si fatigué le soir, qu'il avait à peine la force de manger son dîner. Tante El disait que c'était honteux et malheureux de voir ça, de sorte que, quand Billy Bob attrapa un jour le « coup de bambou », elle dit : Cette fois ça y est, c'est décidé, Billy Bob devrait abandonner Miss Bobbit ; mais Billy Bob se mit à l'injurier, jusqu'à ce que son père l'enfermât à clé dans sa chambre. Là-dessus il déclara qu'il allait se tuer. Un cuisinier que nous avions eu lui avait dit un jour que, si vous avaliez une platée de choux enduits de mélasse, cela vous tuerait aussi sûrement qu'une balle. C'est ce qu'il fit donc.

— Je vais mourir, disait-il en se tordant et se roulant sur son lit, je vais mourir et personne ne s'en soucie.

Miss Bobbit arriva et lui dit de se taire.

— Vous n'avez rien de grave, mon cher, vous souffrez tout au plus de brûlures d'estomac.

Puis elle fit quelque chose qui choqua tante El, elle rabattit les couvertures de Billy Bob et le frotta à l'alcool des pieds à la tête. Quand tante El lui déclara que ce n'était pas une chose très convenable à faire pour une petite fille, elle répondit qu'elle ne savait pas si c'était convenable ou non, mais que c'était certainement très soulageant. — Après cela, tante El fit tout son possible pour empêcher Billy Bob de retourner travailler pour elle, mais le papa déclara qu'il fallait le laisser tranquille, qu'ils devaient permettre au garçon d'organiser sa vie à sa guise.

Miss Bobbit était très honnête en matière d'argent. Elle payait intégralement à Billy Bob et Preacher Star le montant de leurs commissions et ne se laissait jamais inviter par eux au drugstore ou au cinéma :

— Vous feriez mieux de faire des économies, leur disait-elle, du moins si vous voulez faire des études, car aucun de vous n'est assez intelligent pour obtenir une bourse, même pas une bourse de joueur de football.

Mais c'est à propos d'argent que Billy Bob et Preacher Star eurent une sérieuse querelle. Ce n'était naturellement pas la vraie raison. La raison véritable, c'est qu'ils étaient devenus terriblement jaloux l'un de l'autre au sujet de Miss Bobbit. Donc, un jour, et il eut le fiel de le faire en présence de Billy Bob, Preacher dit à Miss Bobbit qu'elle ferait bien de vérifier soigneusement ses comptes, parce qu'il était presque sûr que Billy Bob ne lui remettait pas *tout* l'argent qu'il ramassait.

— C'est un mensonge abominable, dit Billy Bob, et d'un solide crochet du gauche, il fit tomber Preacher Star du perron des Sawyers et le poursuivit d'un bond en plein dans une platebande de capucines, mais dès que Preacher Star se fut saisi de lui, Billy Bob n'eut plus la moindre chance. Preacher lui frotta même les yeux avec de la terre. Pendant ce temps, Mrs. Sawyers, penchée à l'une des fenêtres du haut, poussait des cris d'orfraie, et sœur Rosalba, avec la jovialité de l'embonpoint, criait, non sans ambiguïté :

— Tue-le ! Tue-le !

Il n'y eut que Miss Bobbit pour garder son sangfroid. Elle brancha le tuyau d'arrosage de la pelouse, et administra aux deux garçons une douche à bout portant qui les aveugla. Preacher se remit debout en vacillant.

— Oh, chérie, dit-il, il faut que tu te décides.

— À quel sujet ? s'enquit Miss Bobbit d'une voix courroucée.

— Oh, chérie, susurra Preacher, tu veux pas que nous nous entre-tuions. Il faut que tu décides de qui tu es réellement amoureuse.

— Amoureuse, mon œil ! dit Miss Bobbit. J'aurais dû être assez sage pour ne pas me compromettre avec une bande de petits campagnards. Si c'est comme ça que vous comprenez les affaires !

Et puis, écoutez un peu, Preacher Star, je n'ai pas besoin d'amoureux et si j'en voulais un, ça ne serait pas vous. En vérité vous ne savez même pas vous lever quand une dame entre !

Preacher cracha par terre et se tourna vers Billy Bob d'un air fanfaron :

— Tu vois, mon vieux, dit-il, comme si rien ne s'était passé, elle a un cœur de pierre et elle ne veut rien d'autre que faire fâcher deux bons amis.

On put croire un moment que Billy Bob allait consentir à renouer avec lui une amitié sans nuages, mais tout à coup, reprenant conscience, il recula et fit un geste. Les deux garçons se fixèrent pendant une bonne minute. Toute l'intimité qui existait entre eux se chargea des plus vilaines couleurs. Vous ne pouvez haïr si fort les gens que si vous les aimez aussi. Tout cela se peignit sur le visage de Preacher Star, mais il ne lui restait rien d'autre à faire qu'à s'en aller. Et c'est vrai, Preacher, que tu paraissais si perdu ce jour-là, que pour la première fois j'ai ressenti de l'affection pour toi, si maigre et misérable dans ton désarroi, cheminant solitaire sur la route... Ils ne se réconcilièrent pas, Billy Bob et Preacher Star. Ce n'était pas faute de le vouloir, mais simplement qu'il n'y avait aucun moyen facile de renouer leur amitié. Mais aucun des deux ne put s'en libérer. L'un savait toujours ce que l'autre était en train de faire, et quand Preacher Star se trouva un nouveau copain, Billy Bob se mit à tourner en rond pendant des jours entiers, broyant du noir, s'emparant de quelque chose, puis le rejetant, ou bien se livrant aux actes les plus extravagants, comme de fourrer son doigt exprès dans le ventilateur électrique. Parfois, le soir, Preacher Star s'arrêtait devant la barrière et parlait à tante El ; c'était uniquement pour tourmenter Billy Bob, je suppose. Pourtant il continua de se montrer très aimable pour nous tous et à Noël il nous donna une grande boîte de cacahuètes épluchées. Il fit aussi un cadeau à Billy Bob. C'était un livre de Sherlock Holmes et, sur la page de garde, il avait griffonné : « L'amitié, tel le lierre des murs, périt un jour, c'est sûr ! »

— C'est bien le truc le plus stupide que j'aie jamais lu, dit Billy Bob. Bon Dieu, quel cinglé !

Mais ensuite et bien que ce fût un jour d'hiver et qu'il fît froid, il alla dans l'arrière-cour et grimpa au faîte du noyer et tout l'après-midi demeura blotti dans les branches que baignait la lumière bleue de décembre.

Mais le plus souvent il était heureux parce que Miss Bobbit était là et qu'elle se montrait toujours gentille pour lui maintenant. Elle et sœur Rosalba le traitaient en homme, c'est-à-dire qu'elles lui permettaient de tout faire à leur place. Par ailleurs, elles le laissaient gagner au bridge à trois, ne mettaient jamais en doute ses mensonges ni ne décourageaient ses ambitions. Ce fut une période heureuse, mais les ennuis reprirent à la rentrée des classes. Miss Bobbit refusa d'aller à l'école.

— C'est ridicule, dit-elle un jour au directeur d'école, Mr. Copland, qui était venu voir ce qui se passait. C'est simplement ridicule, je sais lire et écrire et il y a un certain nombre de personnes dans cette ville qui ont toutes les raisons de croire que je sais compter. Non, Mr. Copland, réfléchissez une minute et vous verrez que ni l'un ni l'autre n'avons le temps et le courage nécessaires. Après tout, cela reviendrait juste à savoir qui y renoncerait le premier, de vous ou de moi. D'ailleurs, qu'est-ce que vous pourriez m'apprendre ? Si vous connaissiez quelque chose à la danse, ce serait une autre affaire, mais, étant donné les circonstances, je suggère qu'il vaut mieux n'y plus penser.

Mr. Copland y consentit volontiers, mais le reste de la population pensait qu'elle méritait le fouet. Horace Deasley écrivit dans le journal un article intitulé *Une situation tragique*. La situation était tragique, à son avis, lorsqu'une petite fille pouvait bafouer ce qu'il lui plaisait d'appeler la « Constitution des États-Unis ». L'article se terminait par une question : « S'en tirera-t-elle à ce compte ? » C'est ce qu'elle fit, ainsi que sœur Rosalba ; seulement cette dernière était une négrillonne et personne ne s'en souciait. Billy Bob n'eut pas cette chance. Il lui fallut aller à l'école pour de bon, mais il aurait mieux fait de rester chez lui, pour le profit qu'il en tirait ! Il eut trois zéros à son premier bulletin, ce qui constitue une sorte de record. Mais il n'est pas bête et je compris qu'il ne pouvait simplement pas supporter ces heures qu'il fallait passer sans Miss Bobbit. Loin d'elle, il paraissait à moitié endormi. Il se battait continuellement, par ailleurs : ou bien il avait un œil au beurre noir, ou la lèvre fendue, ou bien il boitait en marchant. Il ne se vantait jamais de ces bagarres, mais Miss Bobbit était assez fine pour en deviner la cause.

— Vous êtes très gentil, je sais, je sais, j'ai de l'estime pour vous, Billy Bob, seulement je vous demande de ne pas vous battre à cause de moi. Naturellement, les gens disent des méchancetés sur mon compte, mais savez-vous pourquoi ils le font, Billy Bob ? C'est une sorte de compliment, c'est parce que, au fond d'eux-mêmes, ils me trouvent absolument étonnante.

Elle avait raison, on ne prendra la peine de vous critiquer que si l'on vous admire d'abord. En fait, nous ne réalisâmes pleinement quelle fille étonnante elle était qu'à l'arrivée de cet homme connu sous le nom de Manny Fox. Il se manifesta d'abord sous la forme d'une série de placards aguichants, affichés dans tous les magasins de la ville : *Manny Fox présente la Danseuse à l'Éventail sans Éventail* et dessous, en plus petits caractères : *Programme d'amateurs sensationnel, avec pour vedettes vos propres voisins ; Premier prix : Droit à une authentique épreuve d'admission à Hollywood*. Et tout cela devait avoir lieu le jeudi suivant. Les billets étaient vendus un dollar, ce qui représente beaucoup d'argent pour ici, mais ce n'est pas souvent que nous avons quelque chose du genre spectacle de nu, aussi chacun se fendit de son argent et mena grand bruit autour de l'événement. Les petits gommeux du coin firent des plaisanteries obscènes toute la semaine, qui tournaient toutes autour de cette danseuse à l'éventail sans éventail, laquelle se révéla être la femme de Manny Fox. Ils s'étaient installés au camp de touristes de Chucklewood, sur la grande route, mais ils étaient tous les jours en ville, passant et repassant dans la vieille Packard sur chaque porte de laquelle était peint en toutes lettres le nom de Manny Fox. Sa femme était une actrice rousse au langage poissard, avec des lèvres humides et des paupières mouillées. À dire vrai, elle était plutôt grosse, mais en face de Manny, elle semblait assez frêle, car il avait l'embonpoint d'une barrique.

Ils établirent leur quartier général à la salle de billard et tous les après-midi, on pouvait les voir attablés et discutant gaiement avec tous les fainéants de la ville. Il apparut bientôt que les activités de Manny Fox ne se limitaient pas au seul théâtre. Il dirigeait aussi une sorte de bureau de placement, et fit savoir petit à petit que, moyennant une somme de cent cinquante dollars, il se chargeait de trouver pour les garçons entreprenants du pays des places de premier choix sur les bateaux faisant le transport de fruits entre La Nouvelle-Orléans et l'Amérique du Sud. Ordinairement on ne trouverait pas deux garçons par ici avec ne serait-ce que cinq dollars en poche ; pourtant il y en eut une bonne douzaine qui réussirent à trouver l'argent. Ada Wellington réunit tout ce qu'elle avait économisé pour acheter à son mari un monument funéraire orné d'un ange, et le donna à son fils ; quant au papa d'Acey Trump, il hypothéqua sa récolte de coton.

Mais vint le soir du spectacle ! Ce fut un soir qui fit tout oublier, les hypothèques, la vaisselle sur l'évier de la cuisine. Tante El remarqua : « Ne dirait-on pas qu'on va aller à l'Opéra ? », tant chacun avait soigné sa tenue, était reluisant et parfumé ! La salle n'avait pas été si pleine depuis le soir où on avait attribué le service de table en argent véritable. Presque tout le monde avait un parent qui jouait dans la revue, c'est pourquoi il fallait réprimer pas mal de nervosité. Miss Bobbit était la seule concurrente que nous connaissions vraiment bien. Billy Bob ne pouvait rester assis tranquille, il ne cessait de nous répéter que nous ne devions applaudir personne d'autre que Miss Bobbit ; tante El dit que ce serait extrêmement mal élevé, ce qui mit Billy Bob dans tous ses états une fois de plus, et, quand son père nous acheta des sacs de maïs grillé, il ne voulut pas y toucher de peur de se poisser les mains et, nous dit-il, autre chose, il nous serait reconnaissant de ne pas faire de bruit en mangeant notre maïs pendant que Miss Bobbit serait sur scène. L'annonce de sa participation au spectacle avait été une surprise de dernière minute. C'était assez logique et il y avait eu des indices qui auraient dû nous renseigner, le fait, par exemple, qu'elle n'avait pas quitté la maison Sawyers depuis je ne sais combien de jours. Et le gramophone qui marchait la moitié de la nuit, tandis qu'on apercevait sa silhouette tournoyante à travers le store, sans compter l'air mystérieux et figé que prenait sœur Rosalba, quand on lui demandait des nouvelles de Miss Bobbit. Donc, son nom figurait sur le programme, le second de la liste en fait, bien qu'elle n'apparût pas avant un long moment. Manny Fox vint d'abord, débordant de graisse, un sourire paillard aux lèvres. Il raconta une suite d'histoires grivoises, en battant des mains et s'ébaudissant à grand bruit. Tante El déclara que s'il racontait encore une histoire comme ça, elle quitterait la salle. C'est ce qu'il fit, mais elle ne bougea pas. Avant que ce fût le tour de Miss Bobbit onze concurrents défilèrent, entre autre Eustacia Bernstein qui imitait les vedettes, mais leur donnait à toutes sa propre voix. Puis il y eut un vieux aux oreilles en anses de cruche, coiffé d'un bonnet de laine, qui venait du fin fond de la campagne et qui joua *Valsez, Matilda* sur une scie musicale. Ce fut le clou de cette première partie du spectacle ; non pas d'ailleurs qu'il y eut une différence marquée dans la manière dont le public accueillait les différents numéros. Tout le monde applaudissait généreusement, — tout le monde à l'exception de Preacher Star. Il était assis deux rangées devant nous et accueillait chaque numéro avec une sorte de braiment sonore de mépris. Tante El dit qu'elle ne lui parlerait jamais plus ; la seule personne qu'il daigna applaudir fut Miss Bobbit. Certainement le diable était avec elle, mais elle le méritait. Elle surgit, ondulant des hanches, faisant voler ses boucles et rouler ses yeux. On pouvait déjà deviner que ça n'allait pas être un de ses numéros ordinaires. Elle traversa la scène en battant du pied et relevant délicatement le bord de sa jupe d'un bleu vaporeux.

— Jamais vu quelque chose d'aussi sensationnel ! dit Billy Bob en se frappant la cuisse, et tante El dut convenir que Miss Bobbit était vraiment très mignonne. Quand elle commença à tourner, le public tout entier éclata spontanément en applaudissements. Aussi recommença-t-elle le tout en enjoignant d'une voix sifflante « Plus vite ! plus vite ! » à la pauvre Adelaïde qui donnait au piano le meilleur échantillon de ce qu'elle avait appris à l'école du dimanche.

— *Je suis née en Chine et j'ai été élevée au Ja-a-pon.*

Nous ne l'avions jamais entendue chanter. Elle

avait une voix sonore et crissante comme du papier de verre.

— *Si vous n'aimez pas mes pêches, ne restez pas devant mon panier, oh ! oh ! oh !...*

Tante El en eut le souffle coupé, et elle l'eut encore bien plus quand Miss Bobbit, d'une secousse, releva sa jupe et exhiba des dessous de dentelle bleue, ce qui lui valut les sifflets enthousiastes que les garçons réservaient pour la danseuse sans éventail, ce qui fut d'ailleurs aussi bien, comme on s'en aperçut plus tard ; car cette personne, au son de l'air *An appel for the teacher* et s'accompagnant de *ohé ! ohé !* accomplit son numéro habituel... en maillot de bain. Mais montrer son derrière ne fut pas le triomphe final de Miss Bobbit. Miss Adelaïde entama dans les notes graves une sorte de bruit de tonnerre menaçant et à ce signal, sœur Rosalba, portant une chandelle romaine allumée, se rua sur la scène et la tendit à Miss Bobbit qui était en train de faire le grand écart. Elle le fit donc et juste au moment où elle l'accomplissait, la chandelle éclata en gerbes incandescentes rouges, blanches et bleues et nous dûmes nous lever parce qu'elle avait entonné le *Star Spangled Banner* de toute la force de ses poumons. Tante El devait nous confier par la suite que ç'avait été un des spectacles les plus magnifiques qu'il lui ait été donné de voir sur une scène américaine.

Incontestablement, Miss Bobbit avait bien mérité son test à Hollywood et, comme, par ailleurs, elle avait gagné le concours, on pouvait penser qu'elle l'obtiendrait. Manny Fox l'en avait assurée :

— Ma petite, lui avait-il dit, vous avez l'étoffe d'une vraie star.

Seulement, il s'esquiva de la ville le lendemain, ne laissant rien d'autre que de cordiales promesses.

— Surveillez le courrier, mes amis, vous aurez tous bientôt de mes nouvelles, ce fut ce qu'il dit aux garçons dont il avait pris l'argent et également à Miss Bobbit.

Il y a trois distributions par jour et ce groupe important se retrouvait au bureau de poste, troupe joyeuse qui perdit peu à peu son entrain. Comme leurs mains tremblaient, quand une lettre était glissée dans leur boîte ! Un silence terrible s'abattit sur eux à mesure que les jours passaient, chacun savait ce que les autres pensaient, mais ne pouvait se décider à l'exprimer à haute voix, pas même Miss Bobbit ; Mrs. Patterson, la postière, ne mâcha pas ses mots, elle :

— Cet homme est un escroc, déclara-t-elle, je l'ai su dès le début, et si je dois contempler la tête que vous faites un jour de plus, je me flanque à l'eau !

Finalement, au bout de deux semaines, ce fut Miss Bobbit qui rompit le charme. Ses yeux s'étaient éteints, à un point que personne n'aurait jamais pu supposer. Mais un jour, après la dernière distribution, elle retrouva son entrain coutumier.

— Eh bien, mes amis, c'est la loi de Lynch maintenant ! dit-elle, et elle dirigea sans plus attendre la troupe entière jusque chez elle. Ce fut la première réunion du « Club pour la pendaison de Manny Fox », organisation qui subsiste encore à ce jour sous une forme plus sociable, bien que Manny Fox ait été arrêté depuis longtemps et « pendu », pour ainsi dire. C'est à Miss Bobbit qu'il en faut attribuer tout le mérite. En une semaine, elle établit trois cents exemplaires du signalement de Manny Fox et les expédia à tous les shérifs du Sud. Elle écrivit aussi aux journaux des villes les plus importantes, ce qui suscita un vaste intérêt pour l'affaire. À la suite de cela, quatre des jeunes gens escroqués se virent offrir des postes bien payés par la *United Fruit Company* et à la fin du printemps, quand Manny Fox fut arrêté à Uphigh, Arkansas, où il était en train de refaire le même coup, l'Association des Jeunes filles américaines « Sunbeam[1] » attribua à Miss Bobbit un de ses prix « Pour la récompense d'une bonne action ». Mais, curieusement, elle eut à cœur de faire savoir que ce prix ne l'enchantait guère.

— Cette association ne me plaît pas, déclara-t-elle. Cette manie bruyante qu'elles ont de tout claironner, ce n'est ni vraiment généreux ni guère féminin. D'ailleurs, qu'est-ce qu'une bonne action ? Ne soyons pas dupes. C'est quelque chose que vous faites pour obtenir autre chose en contrepartie.

Il serait réconfortant de dire qu'elle se trompait et que sa juste récompense, quand elle l'obtint enfin, ce fut à la bonté et à l'amour qu'elle la dut ; mais ce ne fut pas le cas, cependant. Il y a une semaine environ, tous les jeunes gens victimes de l'escroquerie reçurent des chèques de Manny Fox les remboursant de l'argent perdu et Miss Bobbit,

1. Le rayon de soleil.

décidée à agir sans ménagements, fit son entrée à une réunion du club, qui sert maintenant d'excuse pour boire de la bière et jouer au poker, le samedi soir.

— Mes amis, déclara-t-elle, allant droit au fait, aucun d'entre vous n'a jamais espéré récupérer cet argent. Maintenant que vous l'avez, vous devriez l'investir dans quelque chose de sûr : ma personne, par exemple.

Et elle leur proposa de mettre leur argent en commun et de financer son voyage à Hollywood. En retour, ils recevraient dix pour cent de ses gains, ce qui, dès qu'elle serait devenue une star (et cela ne demanderait pas longtemps), les rendrait tous riches, du moins, ainsi qu'elle le dit, pour cette partie du pays. Personne ne voulait le faire, mais quand Miss Bobbit vous regardait, que pouvait-on dire ?

Depuis lundi, il fait un temps pluvieux : légères averses d'été traversées de soleil, mais les nuits sont sombres et toutes bruissantes de feuilles qui s'égouttent, de chansons de l'eau, de remuements de bêtes éveillées. Billy Bob ne peut dormir, ses yeux sont secs ; tout ce qu'il entreprend a une saveur amère et sa langue est aussi raide qu'un battant de cloche. Ç'a été dur pour lui, ce départ de Miss Bobbit. À ses yeux, elle signifiait bien autre chose ; — autre chose que quoi ? Que d'avoir treize ans et d'être amoureux fou. Elle représentait les choses les plus singulières en lui, le noyer par exemple, et son amour des livres, et cette tendresse qu'il vouait aux êtres, même s'ils devaient le blesser. Elle incarnait toutes les choses qu'il avait peur de laisser voir à quiconque. Et, dans l'obscurité, la musique filtrait à travers la pluie. N'y aura-t-il point de nuits où nous l'entendrons comme si elle était réellement présente ? D'après-midi où, parmi les ombres soudain troublées, Miss Bobbit apparaîtra devant nous, se déployant comme un joli morceau de ruban ? Elle était tout sourires pour Billy Bob, elle lui prenait la main, elle l'embrassait même.

— Je ne vais pas mourir, lui disait-elle. Vous viendrez là-bas, nous escaladerons une montagne et nous vivrons tous les trois ensemble vous, moi, et sœur Rosalba.

Mais Billy Bob savait qu'il n'en serait jamais ainsi et c'est pourquoi quand la musique, la nuit, arrivait jusqu'à lui, il fourrait sa tête sous son oreiller.

La journée d'hier toutefois, fut auréolée d'une sorte de grâce étrange. C'était le jour du départ. Vers midi, le soleil se montra, répandant avec lui dans l'air tout le parfum des glycines. Les roses « Lady Anne » de tante El venaient de refleurir et elle fit une chose merveilleuse : elle dit à Billy Bob qu'il pouvait les cueillir et les offrir à Miss Bobbit pour son départ. Tout l'après-midi, Miss Bobbit fut sur le perron entourée de gens qui s'arrêtaient pour lui dire adieu. On aurait dit qu'elle s'apprêtait à aller à la communion, tout de blanc vêtue, avec une ombrelle blanche. Sœur Rosalba lui avait donné un mouchoir, mais elle dut le lui redemander, parce qu'elle ne pouvait s'arrêter de sangloter. Une autre petite fille apporta un poulet cuit, pour manger dans l'autobus, sans doute. Le seul ennui, c'est qu'elle avait oublié de le vider avant de le faire cuire. La mère de Miss Bobbit dit que ça ne lui faisait rien, du poulet était toujours du poulet, — ce qui est mémorable, car c'est la seule opinion qu'elle ait jamais exprimée. Il n'y eut qu'une note discordante : Preacher Star demeurait depuis des heures à aller et venir au coin de la rue, tantôt jouant à pile ou face, tantôt se cachant derrière un arbre, comme s'il voulait n'être vu de personne. Cela rendit tout le monde nerveux. Vingt minutes avant l'heure de l'autobus, il monta lentement la rue et vint se pencher contre notre grille. Billy Bob était encore dans le jardin à cueillir les roses. Il en avait assez maintenant pour une gerbe de feu de joie, et leur parfum envahissait tout comme une vague. Preacher Star le fixa jusqu'à ce qu'il levât la tête. Pendant qu'ils se regardaient, la pluie se remit à tomber, fine comme de l'embrun et colorée par un arc-en-ciel. Sans un mot, Preacher Star s'avança et aida Billy Bob à répartir les roses en deux énormes bouquets. Ensemble ils les apportèrent jusqu'au bord du trottoir. De l'autre côté de la rue, il y avait un bourdonnement de voix. Mais quand Miss Bobbit les aperçut, ces deux garçons dont les visages apparaissaient derrière les fleurs comme de pâles lunes, elle descendit les marches en courant, les bras tendus. On pouvait prévoir ce qui allait arriver. Nous criâmes, nos voix perçant la pluie comme des éclairs, mais Miss Bobbit, courant vers ces lunes de roses, ne parut pas nous entendre. Et c'est alors que l'autobus de six heures l'écrasa.

(Traduit par S. Doubrovsky.)

UNE DERNIÈRE PORTE EST CLOSE

1

— Écoutez, Walter, si personne ne vous aime, si tout le monde est contre vous, ne croyez pas que ce soit sans raison : tout ce qui vous arrive, c'est vous qui le cherchez.

Voilà ce que lui avait dit Anna, et, bien que la partie la plus saine de lui-même lui eût dit qu'elle n'y entendait point malice (si Anna n'était pas une amie, alors qui l'était ?), il lui en avait voulu à mort et il s'était mis à raconter à tout le monde qu'il détestait Anna, que c'était une garce : Anna ! ne vous fiez pas à cette femme ; avec ses airs de dire toujours la vérité — pas autre chose qu'un moyen pour cacher ses haines rentrées ; et pour ce qui est de mentir, alors celle-là ! On ne peut pas croire un mot de ce qu'elle dit. Dangereuse ? Ah, bon Dieu ! Et naturellement tout ce qu'il disait revenait aux oreilles d'Anna, si bien que le jour où il lui téléphona pour l'emmener à la première à laquelle ils avaient projeté d'assister ensemble, elle lui dit :

— Je regrette, Walter, mais je ne puis vraiment plus vous fréquenter. Je vous comprends fort bien et j'ai une certaine sympathie pour vous. Votre méchanceté vous entraîne et ce n'est pas entièrement de votre faute, mais je ne veux plus vous revoir, je ne suis pas tellement d'aplomb moi-même, ce serait au-dessus de mes forces.

Mais pourquoi ? Qu'avait-il fait ? Oh ! naturellement, il avait potiné un peu à son sujet, mais il n'en pensait pas un mot, et après tout, comme il l'avait expliqué à Jimmy Bergmann (ah ! comme homme à deux faces, celui-là, on ne faisait pas mieux), à quoi bon avoir des amis si on ne peut pas en discuter librement ?

Il a dit que vous aviez dit, ils ont dit que nous avions dit..., ainsi tournent les racontars comme tournent au plafond les lames incurvées du ventilateur ; tour après tour, brassant l'air confiné, avec un tic-tac de montre, comptant les secondes au milieu du silence. Walter se déplaça vers une partie plus fraîche du lit et ferma les yeux pour ne plus voir la petite chambre sombre. Il était arrivé à La Nouvelle-Orléans ce soir-là à sept heures, et à sept heures et demie il s'était installé dans cet hôtel dans une rue écartée et sans nom. On était au mois d'août. On aurait dit que des feux de joie brûlaient dans la nuit rouge. Dans son effort d'oublier tout le reste, il repassait dans son esprit le voyage irréel du sud qu'il avait soigneusement observé par la portière du train, et il n'en avait que plus fermement l'impression d'être arrivé au bout, à l'endroit où il ne reste plus que la culbute.

Mais il n'aurait pas su dire pourquoi il se trouvait ici, dans cet hôtel étouffant d'une ville lointaine. Il y avait une fenêtre dans sa chambre, mais il n'avait pas pu l'ouvrir et il avait peur d'appeler le garçon (quels yeux étranges avait ce petit chasseur !) et il avait peur de quitter l'hôtel. S'il allait se perdre, s'égarer seulement, ce serait la perte totale. Il avait faim ; il n'avait rien pris depuis son petit déjeuner. Il trouva quelques biscuits au beurre de cacahuètes qu'il avait achetés à Saratoga et but un doigt de whisky pour les faire couler. Mais aussitôt, pris de nausée, il vomit dans la corbeille à papier et, s'effondrant sur le lit, inonda son oreiller de larmes. Au bout d'un moment, calmé, il resta là frissonnant dans la chambre torride et il suivit des yeux le ventilateur qui tournait lentement, d'un mouvement sans commencement ni fin : une circonférence.

Un œil, la terre, les cercles de l'aubier, tout est circonférence, et toutes les circonférences, dit Walter, ont un centre. Anna était folle de prétendre que ce qui lui arrivait était de sa faute. S'il y avait vraiment quelque chose de défectueux en lui, c'était par suite de circonstances auxquelles il ne pouvait rien, par exemple sa mère confite en dévotion ou son père, agent d'assurances à Hartford, ou sa sœur aînée, Cécile, qui avait épousé un homme de quarante ans plus âgé qu'elle « uniquement pour quitter la maison », avait-elle dit pour s'excuser, et à dire vrai, Walter avait trouvé cela fort raisonnable.

Mais quand il entreprenait de penser à lui-même, il ne savait pas par où commencer, il ne savait où se trouvait le centre. Le premier coup de téléphone ? Non, il y avait trois jours de cela, et, à proprement parler, c'était la fin et non le commencement. Voyons, il pourrait peut-être remonter à Irving, car Irving était la première personne avec qui il s'était lié à New York.

Irving était un gentil petit Juif qui jouait très bien aux échecs, mais c'était à peu près son seul talent. Il avait des cheveux soyeux, des joues roses de bébé, et on lui aurait donné seize ans : en réalité il en avait vingt-trois, l'âge de Walter, et ils s'étaient rencontrés dans un bar de Greenwich Village. Walter était seul et se sentait très isolé à New York, aussi quand ce gentil petit Irving lui témoigna de l'amitié, il pensa que ce serait peut-être une bonne chose si, de son côté, il lui en témoignait aussi — on ne sait jamais, n'est-ce pas ? Irving avait de nombreuses relations et tout le monde l'aimait beaucoup, et il présenta Walter à tous ses amis.

Et puis il y avait aussi Margaret. Margaret était plus ou moins l'amie d'Irving. Elle n'était pas jolie, jolie (elle avait des yeux en boule de loto, des dents toujours tachées d'un peu de rouge et elle s'habillait comme une petite fille de dix ans), mais elle avait une vivacité hectique que Walter trouvait charmante. Il ne pouvait pas comprendre pourquoi elle se laissait faire la cour par Irving.

— Pourquoi cela ? lui demanda-t-il pendant une de ces longues promenades qu'ils s'étaient mis à faire dans Central Park.

— Irving est gentil, dit-elle, et il m'aime très purement, et après tout, pourquoi ne l'épouserais-je pas ?

— Ce serait parfaitement idiot, dit-il, Irving ne pourrait jamais être votre mari, parce que, en réalité, c'est votre petit frère. Irving est le petit frère de tout le monde.

Margaret était trop intelligente pour ne pas voir combien cela était vrai. Aussi, un jour, comme Walter lui demandait si elle consentirait à se laisser aimer, elle dit qu'elle n'y verrait aucun inconvénient. Ils firent souvent l'amour après ça.

Or il arriva qu'Irving eut vent de l'affaire, et un lundi il y eut une affreuse scène, chose curieuse, dans le même bar où Walter et lui s'étaient rencontrés. Ce soir-là, il y avait eu une réception en l'honneur de Kurt Kuhnhardt (Publicité Kuhnhardt), le patron de Margaret. Elle y était allée avec Walter et au retour ils s'étaient arrêtés dans ce bar pour prendre quelque chose avant de rentrer se coucher. Il n'y avait personne à l'exception d'Irving et de deux femmes en pantalon. Irving était assis au bar, les joues très roses, les yeux légèrement vitreux : on aurait dit un petit garçon jouant à faire l'homme, car, trop courtes pour atteindre la barre d'appui, ses jambes restaient ballantes comme des jambes de poupée. Dès que Margaret l'aperçut, elle tenta de faire demi-tour pour partir, mais Walter s'y opposa. Du reste, Irving les avait vus. Sans les quitter des yeux, il posa son verre de whisky, descendit lentement de son tabouret et s'avança avec un air triste de faux costaud.

— Irving, mon chéri... dit Margaret.

Elle s'arrêta devant le regard terrible qu'il lui lança.

Son menton tremblait :

— Allez-vous-en, dit-il, et on eût dit qu'il accusait quelque tortionnaire de son enfance. Je vous hais.

Puis, comme au ralenti, il se tourna, et du geste d'un homme qui brandit un couteau, il frappa Walter en pleine poitrine. Le coup n'était pas bien méchant, et comme Walter souriait sans rien faire, Irving s'écroula contre un phonographe en hurlant :

— Défends-toi donc, bougre de lâche, et tu verras si je te tue ; je te le jure, nom de Dieu.

Et c'est ainsi qu'ils le laissèrent.

En chemin, Margaret se mit à pleurer doucement.

— Il ne sera plus jamais gentil, dit-elle.

Et Walter dit :

— Je ne sais pas ce que tu veux dire.

— Oh ! si, tu le sais très bien, répondit-elle dans un murmure, tu le sais parfaitement. Nous venons tous les deux de lui apprendre ce que c'est que la haine. Je crois que jusqu'à aujourd'hui il ne savait pas ce que c'était.

Il y avait maintenant quatre mois que Walter habitait New York. Son capital de cinq cents dollars était tombé à quinze et Margaret lui prêta de quoi payer sa note de janvier au *Brevoort* : elle était curieuse de savoir pourquoi il n'allait pas s'installer dans un hôtel moins cher. Oh ! lui avait-il dit, c'est qu'il est toujours préférable d'avoir une bonne adresse. Et une situation ? Quand allait-il se mettre à travailler ? Comptait-il même le faire ? Naturellement, dit-il, naturellement il y pensait souvent. Seulement il ne voulait pas perdre son temps dans un petit emploi de rien : il voulait quelque chose de sérieux, où il y aurait de l'avenir, quelque chose comme la publicité, par exemple. Très bien, dit Margaret, peut-être pourrait-elle l'aider ; en tout cas elle en parlerait à son patron, Mr. Kuhnhardt.

2

La K.K.A. comme on l'appelait, était une agence de publicité d'importance moyenne, mais, dans ce genre d'entreprise, très bonne, la meilleure. Kurt Kuhnhardt, qui l'avait fondée en 1925, était un homme curieux avec une curieuse réputation. C'était un Allemand mince, méticuleux, célibataire. Il habitait sur Sutton Place, une élégante maison noire meublée d'une façon très intéressante. On y voyait, entre autres choses, trois Picasso, un superbe gramophone, des masques polynésiens, et un jeune Danois, fort bien bâti, qui lui servait de valet de chambre. De temps à autre, il invitait à dîner celui de ses employés qui se trouvait jouir de ses faveurs, car il avait continuellement des protégés. C'était une position dangereuse, ces alliances étant capricieuses et incertaines. Au lendemain d'un dîner des plus agréables avec son bienfaiteur, le protégé pouvait fort bien se trouver amené à parcourir les petites annonces, à la recherche d'une situation.

Pendant sa deuxième semaine à la K.K.A., Walter, qui avait été nommé assistant de Margaret, reçut un mémorandum de Mr. Kuhnhardt qui l'invitait à déjeuner. Cela naturellement le mit dans une agitation inouïe.

— Rabat-joie ? dit Margaret en lui redressant sa cravate et enlevant un fil de son revers. Mais pas du tout. Seulement voilà, c'est merveilleux de travailler pour Kuhnhardt, tant qu'on ne laisse pas les choses aller trop loin... autrement on risque fort de se trouver sur le pavé, un point, c'est tout.

Walter voyait bien où elle voulait en venir. Il n'était pas dupe une minute. Il eut envie de le lui dire, mais il se retint : ce n'était pas encore le moment. Pourtant un de ces jours il allait bien falloir se débarrasser d'elle, et sans trop tarder. C'était humiliant de travailler sous les ordres de Margaret. Et puis, dorénavant, elle ne chercherait qu'à se mettre en travers de son avancement. Mais personne ne pouvait faire cela, pensa-t-il en plongeant ses regards dans les yeux bleu de mer de Mr. Kuhnhardt, personne ne pouvait empêcher Walter d'avancer.

— Tu es idiot, lui dit Margaret. Bon Dieu, si tu savais combien j'en ai vu de ces petites amitiés de Kuhnhardt, des douzaines. Ça ne signifie absolument rien : pendant un temps, il était tout sourire pour le téléphoniste : tout ce qu'il veut c'est quelqu'un qu'il puisse faire marcher. Crois-moi, Walter, dans ce métier, il n'y a pas de raccourci. Il n'y a qu'une chose qui compte : la façon dont on fait son travail.

Il dit :

— Et aurais-tu à te plaindre par hasard à ce sujet ? Je fais aussi bien qu'on pouvait s'y attendre.

— Cela dépend de ce que tu veux dire par s'y attendre, répondit-elle.

Peu après, un samedi, il lui donna rendez-vous à la gare de Grand Central. Ils devaient aller passer l'après-midi chez les parents de Walter, à Hartford, et pour cette occasion elle s'était acheté une robe neuve, un chapeau et des souliers. Mais il ne vint pas. Il avait préféré aller en auto avec Mr. Kuhnhardt à Long Island où il fut plus impressionné qu'aucune des trois cents personnes invitées par Rosa Cooper, au bal que donnaient ses parents pour son entrée dans le monde. Rosa Cooper (née Kuppermann) était l'héritière des Laiteries Cooper. C'était une enfant brune, potelée, agréable, qui parlait avec un accent britannique affecté, résultat de quatre années à l'école de Miss Jewett. Elle écrivit une lettre à une de ses amies, Anna Stimson, qui plus tard la montra à Walter :

J'ai rencontré le garçon le plus adorable. J'ai dansé six fois avec lui. Il danse comme un dieu. Il travaille dans la publicité. Et il est terriblement, divinement beau. Nous avons déjà arrangé un rendez-vous — dîner et théâtre.

Margaret ne mentionna pas l'épisode et Walter non plus. Ils firent comme s'il ne s'était rien passé, cependant ils cessèrent de se voir, de se parler, sauf pour les questions de service. Un après-midi, sachant qu'elle ne serait pas chez elle, il se rendit à l'appartement et se servit du passe qu'elle lui avait donné il y avait bien longtemps. Il avait laissé quelques affaires, des vêtements, des livres, sa pipe ; tandis qu'il fouillait pour retrouver son bien, il découvrit une photographie de lui barbouillée de rouge à lèvres : cela lui donna subitement l'impression de tomber dans un rêve. Il trouva également le seul cadeau qu'il lui eût jamais fait, un flacon d'*Heure Bleue* non encore débouché. Il s'assit sur le lit et, tout en fumant une cigarette, il caressa de la main l'oreiller frais, se rappelant comment la tête de Margaret avait coutume de s'y poser, se rappelant comment, le dimanche, ils restaient là couchés à lire à haute voix la page comique du journal, Barney Coogle, Dick Tracy et Joe Palooka.

Il regarda l'appareil de T.S.F., une petite boîte verte ; ils s'aimaient toujours en musique, n'importe quoi, jazz, symphonies, chœurs. Cela leur servait de signal, et chaque fois qu'elle avait envie qu'il la prît, elle disait : « Chéri, si nous écoutions la radio ? » En tout cas, c'était fini, et il la haïssait, et c'est de cela qu'il tenait à se souvenir. Il retrouva le flacon de parfum et le mit dans sa poche. Rosa aimerait peut-être une surprise.

Le lendemain, au bureau, il s'arrêta près de la fontaine et Margaret était là. Elle lui sourit en le regardant fixement :

— Je ne savais pas que tu étais voleur.

Ce fut la première manifestation d'hostilité entre eux. Et soudain Walter s'aperçut qu'il n'avait pas, dans tout le bureau, un seul allié. Kuhnhardt ? Il ne pourrait jamais se fier à lui. Et tous les autres étaient ses ennemis : Jackson, Einstein, Fischer, Porter, Capehart, Ritter, Villa, Byrd. Oh ! évidemment, ils étaient assez intelligents pour ne pas le lui dire en face tant qu'il jouissait des faveurs de K.K.

Enfin, la haine était du moins quelque chose de positif, et s'il y avait une chose qu'il détestait, c'était les relations mal définies. Cela tenait sans doute à ce que ses propres sentiments étaient toujours imprécis, ambigus : il n'était jamais sûr s'il aimait X... ou non. Il avait besoin de l'amour de X..., mais lui-même était incapable d'aimer. Il ne pouvait jamais être sincère avec X..., il ne pouvait jamais lui dire que cinquante pour cent de la vérité. D'un autre côté, il ne pouvait tolérer les mêmes imperfections chez X... Walter finissait toujours par se considérer comme trahi. Il avait peur de X..., X... le terrifiait. Un jour, quand il était au lycée, il avait plagié un poème et l'avait imprimé dans la petite revue de l'école ; il n'avait jamais oublié la dernière ligne : *Tous nos actes sont dictés par la peur*. Et quand le professeur l'avait pris en faute, il avait pensé qu'on ne pouvait rien faire de plus injuste.

3

Au début de l'été, il passa presque toutes ses fins de semaine chez Rosa Cooper, à Long Island. En général, la maison était amplement approvisionnée en joyeux étudiants de Yale et de Princeton, et cela l'irritait beaucoup car c'était le type de jeunes gens qui, à Hartford, lui donnaient des nausées d'envie. Il était exceptionnel qu'il se sentît sur un pied d'égalité avec eux. Quant à Rosa elle-même, elle était délicieuse. Tout le monde le disait, même Walter.

Mais les jeunes personnes délicieuses sont rarement sérieuses, et Rosa ne prenait pas son flirt avec Walter très au sérieux. Il ne s'en inquiétait pas outre mesure. Il put au cours de ces week-ends se faire de belles relations : Taylor Ovington, Joyce Randolph (la jeune étoile de cinéma), E.L. MacEvoy, une bonne douzaine de personnes dont le nom donnait un éclat considérable à son carnet d'adresses. Un soir il alla avec Anna Stimson voir un film où Joyce Randolph était la vedette. À peine étaient-ils assis que tout le monde dans les rangs savait qu'elle était de ses amies, qu'elle buvait plus que de raison, qu'elle était immorale et bien moins jolie qu'Hollywood le laissait croire. Anna lui dit qu'il avait tout d'une petite drôlesse :

— Mon chou, vous n'êtes homme qu'à un seul point de vue, lui dit-elle.

C'est par l'entremise de Rosa qu'il avait rencontré Anna Stimson. Directrice d'un journal de mode, elle mesurait près de six pieds, était toujours vêtue en noir, affectait un monocle, une canne et toute une ferblanterie brimbalante de bijoux mexicains. Elle avait eu deux maris dont l'un était Bick Strong, idole de l'opérette ; et elle avait un enfant, un garçon de quatorze ans, qu'on avait dû mettre dans une maison qu'elle appelait « une académie corrective ».

— C'était un enfant effroyable, lui dit-elle. Il aimait tirer des coups de revolver dans la fenêtre, lancer des choses et voler dans les bazars. Un affreux galopin, tout à fait comme vous.

Anna, du reste, était bonne pour lui, et quand elle ne traversait pas une de ses passes de dépression et de méchanceté, elle l'écoutait avec sympathie exposer ses problèmes, analyser le caractère qu'elle lui connaissait : toute sa vie on l'avait trompé, on lui avait donné les mauvaises cartes. Attribuant à Anna tous les vices, sauf la stupidité, il se servait d'elle comme d'un confesseur : de tout ce qu'il aurait pu lui dire, elle n'avait légitimement le droit de rien blâmer. Il lui disait :

— J'ai raconté à Kuhnhardt des tas de mensonges au sujet de Margaret ; c'est assez dégoûtant, je suppose, mais elle aurait fait exactement la même chose à mon égard ; et puis, du reste, ce n'est pas pour qu'il la mette à la porte, mais pour qu'il l'envoie peut-être dans nos bureaux de Chicago.

Ou encore :

— J'étais dans une librairie et il y avait un homme avec qui j'ai entamé la conversation. Un type entre deux âges, bien gentil et très intelligent. Quand je suis sorti il m'a suivi, à quelques pas derrière. J'ai traversé la rue, il a traversé la rue ; j'ai pressé le pas, il a pressé le pas. Nous avons descendu comme ça au moins cinq ou six rues et quand j'ai eu compris où il voulait en venir, j'ai été enchanté et il m'est venu à l'idée de me payer un peu sa tête. Alors je me suis arrêté au premier coin et j'ai appelé un taxi ; à ce moment-là, je me suis retourné et j'ai fait de l'œil au type, vous savez une de ces longues œillades. Il s'est approché en vitesse, tout sourire, et j'ai bondi dans le taxi, claqué la portière et, me penchant au-dehors, j'ai éclaté de rire : si vous aviez vu l'expression de son visage, c'était horrible. On aurait dit le Christ. Je ne peux pas l'oublier. Et dites-moi, Anna, qu'est-ce qui m'a fait faire cette chose absurde ? On aurait dit que j'avais voulu me venger ainsi de tous ceux qui m'ont fait du mal, mais il n'y avait pas que cela.

Il racontait ces histoires à Anna, puis il rentrait chez lui, et se couchait. Ses rêves étaient bleu ciel.

Le problème de l'amour l'intéressait surtout parce qu'il estimait que ce n'était pas un problème. Néanmoins il avait conscience que personne ne l'aimait : cette idée était comme un second cœur qui lui battait dans la poitrine. Non, personne, Anna peut-être. Est-ce qu'Anna l'aimait ?

— Oh ! dit Anna, quand est-ce que les choses sont ce qu'elles ont l'air d'être ? Aujourd'hui un têtard, demain une grenouille. Vous vous figurez que c'est de l'or, mais ça vous laisse au doigt un cercle vert. Tenez, mon second mari : ça avait l'air d'un brave type, eh bien ! c'était un salaud comme les autres. Tenez, rien que cette chambre, regardez-la : vous ne pourriez même pas brûler de l'encens dans cette cheminée ; et ces miroirs, ils donnent l'impression de l'espace, ils mentent. Rien, Walter, ne correspond aux apparences. Les arbres de Noël sont faits en cellophane et la neige est de la raclure de savon. À l'intérieur de chacun de nous il y a quelque chose qui vole et s'appelle l'âme, et quand on meurt, on n'est jamais réellement mort, et quand on vit on n'est jamais vraiment vivant. Et vous voudriez savoir si je vous aime ? Ne soyez donc pas stupide, Walter, nous ne sommes même pas amis.

4

Écoutez... le ventilateur. Roues de murmures qui tournent : il a dit que vous aviez dit, ils ont dit que nous avions dit et ainsi de suite ; elles tournent, tournent, tantôt vite, tantôt lentement, et le temps remonte à la mémoire en bavardages ininterrompus. Le vieux ventilateur détraqué qui brise le silence. Le trois août, le trois, le trois.

Le trois août, un vendredi, et son nom était là, au beau milieu de l'article de Winchell, son propre nom : « Walter Ranney, un des gros pontes de la publicité, et Rosa Cooper, héritière des fameuses laiteries, conseillent à leurs intimes de commencer à acheter du riz [1]. » C'était Walter lui-même qui avait confié cette nouvelle à un ami d'un ami de Winchell. Il montra la notice au garçon du comptoir, au *Whelan*, où il prenait son premier déjeuner :

— C'est moi, dit-il, c'est moi le type, et l'expression que prit le visage du garçon lui fit l'effet d'un digestif.

Ce matin-là il arriva tard au bureau et s'avança entre les rangées des machines à écrire, précédé par l'agitation flatteuse de toutes les dactylographes. On ne lui dit rien cependant. Vers onze heures, après avoir passé une heure fort agréable à ne rien faire que se sentir heureux, il descendit au *drugstore* pour y prendre un café. Trois hommes de son bureau s'y trouvaient déjà, Jackson, Ritter

1. Dans les mariages américains on jette des poignées de riz sur les jeunes mariés au moment où ils se disposent à partir. *(N.d.T.)*

et Byrd, et quand Walter entra, Jackson donna un coup de coude à Byrd et Byrd en donna un à Ritter et tous trois se retournèrent.

— Qu'est-ce que tu dis, gros ponte ? dit Jackson, un homme tout rose, prématurément chauve, et les deux autres éclatèrent de rire.

Walter fit mine de n'avoir rien entendu et s'engouffra dans une cabine téléphonique :

— Salauds, dit-il, en feignant de faire tourner des numéros sur le cadran.

Il attendit longtemps qu'ils fussent partis, puis il téléphona réellement :

— Rosa, bonjour, est-ce que je vous ai réveillée ?

— Non.

— Dites, avez-vous lu Winchell ?

— Oui.

Walter se mit à rire :

— Où pensez-vous qu'il ait bien pu recueillir ce potin ?

Silence.

— Qu'est-ce qu'il y a ? Votre voix a l'air toute drôle.

— Vraiment ?

— Seriez-vous fâchée par hasard ?

— Déçue seulement.

— À propos de quoi ?

Silence. Puis :

— Vous avez fait là quelque chose d'abject, Walter. Oui, de vraiment abject.

— Je ne comprends pas du tout ce que vous voulez dire.

— Adieu, Walter.

En sortant il paya à la caisse une tasse de café

qu'il avait oublié de prendre. Il y avait un salon de coiffure dans la maison. Il dit qu'il voulait se faire raser ; non, les cheveux ; non, les ongles ; et soudain, en s'apercevant dans une glace, où sa figure lui apparut presque aussi blanche que la blouse du coiffeur, il comprit qu'il ne savait pas ce qu'il voulait. Rosa avait raison. Il était abject. Il n'avait jamais refusé d'admettre ses fautes, car en les admettant il avait l'impression qu'il les empêchait d'exister. Il monta et s'assit à son bureau. Il lui semblait saigner à l'intérieur, et de tout son cœur il aurait voulu croire en Dieu. Un pigeon se pavanait dehors sur le rebord de la fenêtre. Il regarda un instant le chatoiement des plumes moirées dans le soleil, le dandinement paisible de la démarche ; puis, sans avoir même le temps de s'en rendre compte, il saisit un presse-papiers en verre et le lança : le pigeon s'éleva tranquillement dans les airs, le presse-papiers tomba comme une goutte d'eau géante. S'il allait frapper quelqu'un, tuer quelqu'un, pensa-t-il dans l'attente d'un hurlement lointain. Mais il n'entendit rien que le pianotement des dactylographes et un coup frappé à la porte :

— Hé, Ranney, K.K. vous demande.

— Désolé, dit Mr. Kuhnhardt en jouant avec son stylo d'or. Et je vous donnerai une lettre de recommandation. Quand vous voudrez.

Maintenant, dans l'ascenseur, les ennemis, sous une poussée subite, écrasèrent Walter entre eux tous. Margaret était là, un ruban bleu dans les cheveux. Elle le regardait et son visage était différent des autres, moins vide, moins stérile. On y voyait encore un peu de compassion. Mais en le regardant, elle pouvait voir aussi à travers lui. Un rêve. Voilà ce qu'il fallait croire, pas autre chose ; et cependant il portait sous son bras la contradiction même de ce rêve, une grande enveloppe remplie de tous les objets personnels de son bureau. Quand l'ascenseur se vida, il sentit qu'il lui fallait parler à Margaret, lui demander pardon, implorer son aide, mais elle filait rapidement vers une porte, se perdait parmi les ennemis : « Je t'aime », disait-il en courant derrière elle, « je t'aime », disait-il sans rien dire.

— Margaret ! Margaret !

Elle se retourna. Le ruban bleu s'harmonisait avec ses yeux, et ses yeux, en se levant vers lui, s'adoucissaient, prenaient une teinte amicale. Ou apitoyée.

— Je t'en prie, dit-il. J'ai pensé que nous pourrions aller prendre quelque chose chez Benny. Nous aimions bien aller chez Benny autrefois, tu te rappelles ?

Elle secoua la tête :

— J'ai un rendez-vous, et je suis déjà en retard.

— Oh !

— Oui... je suis en retard, dit-elle, et elle se mit à courir.

Debout, il la regardait s'éloigner dans la rue en courant. Son ruban qui flottait brillait dans la lumière d'été pâlissante. Et puis elle disparut.

Son appartement, un pied-à-terre d'une pièce près de Gramercy Park, avait besoin d'être aéré, nettoyé, mais Walter, après s'être versé à boire, dit : « Je m'en fous » et s'étendit sur le divan. À quoi bon ? On avait beau faire, on avait beau se donner de la peine, le résultat final était toujours zéro. Partout, tous les jours, tout le monde était volé, et sur qui rejeter la faute ? Pourtant c'était étrange. Il était là, étendu, sirotant son whisky dans la chambre qu'assombrissait le crépuscule, et il ne s'était pas senti aussi calme depuis Dieu sait combien de temps. C'était comme le jour où il avait échoué à son examen d'algèbre, où il s'était senti si soulagé, si libre : un échec est quelque chose de défini, une certitude, et dans toute certitude il y a un élément de paix. Maintenant il allait quitter New York, partir en vacances ; il avait quelques centaines de dollars, cela lui suffirait jusqu'à l'automne.

Et tandis qu'il se demandait où il pourrait bien aller, il vit soudain, comme si un film s'était mis à se dérouler dans sa tête, des casquettes de soie, cerise ou jaune citron, et de petits hommes au visage sérieux, vêtus d'exquises chemises à pois. Fermant les yeux, il se trouva brusquement avoir cinq ans, et c'était délicieux de se rappeler les ovations, les saucisses chaudes, les grosses jumelles de son père. Saratoga ! Dans la lumière pâlissante des ombres masquèrent son visage. Il alluma une lampe, se versa un autre whisky, mit une rumba sur son gramophone et se mit à danser. Sur le tapis la semelle de ses souliers faisait un murmure léger. Il avait souvent pensé qu'avec un peu d'entraînement il aurait pu devenir danseur professionnel.

Juste au moment où le disque touchait à sa fin, le téléphone sonna. Il s'arrêta et resta là debout sans oser répondre, et la lumière, les meubles, tout dans la chambre prit une immobilité de mort.

Comme il pensait que la sonnette s'était tue définitivement, elle reprit, plus forte, lui sembla-t-il, plus insistante. Il buta dans un tabouret, prit l'appareil, le laissa tomber, le rattrapa et dit :

— Allô !

L'appel venait de loin, d'une ville de Pennsylvanie dont il ne put saisir le nom. Après une série de crépitements, une voix, sèche, asexuée, une voix qui ne ressemblait à aucune de celles qu'il connaissait, lui parvint :

— Allô, Walter.

— Qui parle ?

Nulle réponse ne vint du bout du fil, seul le bruit d'une respiration profonde, régulière ; la communication était si claire qu'il avait l'impression que son interlocuteur, au bout du fil, lui parlait les lèvres collées à son oreille.

— Je n'aime pas les plaisanteries. Qui est-ce ?

— Oh ! mais voyons, Walter, tu me connais bien. Tu me connais depuis longtemps.

Un déclic, puis plus rien.

5

Il faisait nuit et il pleuvait quand le train arriva à Saratoga. Il avait dormi pendant la plus grande partie du trajet. Trempé de sueur dans la chaude humidité du wagon, il avait vu en rêve un vieux château où n'habitaient que de vieilles dindes. Dans un autre rêve se trouvaient mêlés son père, Kurt Kuhnhardt, un individu sans visage, Margaret et Rosa, Anna Stimson et une étrange grosse dame aux yeux de diamant. Il se trouvait dans une longue rue déserte. Le seul signe de vie était un défilé d'automobiles noires, funèbres, qui avançait lentement. Et pourtant il savait que, de chaque fenêtre, des yeux invisibles l'observaient dans toute sa nudité. Désespérément, il héla la première limousine. Elle s'arrêta et un homme, son père, ouvrit la portière d'un geste accueillant : « Papa ! » hurla-t-il en se précipitant, et la portière claqua, lui écrasant les doigts, tandis que son père, dans un grand éclat de rire, lui lançait par la vitre baissée une énorme guirlande de roses. Dans la seconde voiture se trouvait Margaret, dans la troisième la dame aux yeux de diamant (n'était-ce pas miss Casey, sa vieille maîtresse d'algèbre ?), dans la quatrième Mr. Kuhnhardt et un nouveau protégé, l'individu sans visage. Chaque portière s'ouvrait, chaque portière se refermait, tous riaient, tous lui lançaient des roses. La file des voitures s'éloigna doucement dans la rue silencieuse, et, avec un cri épouvantable, Walter s'écroula dans la montagne de roses. Les épines déchirèrent sa chair et une pluie soudaine, une averse grise, dispersa les pétales et inonda les feuilles de sang pâle.

À l'expression étonnée de la dame assise en face de lui, il comprit tout de suite qu'il avait dû crier dans son sommeil. Il lui sourit d'un air penaud, et elle détourna les yeux avec, lui sembla-t-il, un peu de gêne. Elle était infirme. Elle portait au pied droit un soulier gigantesque. Plus tard, à la gare de Saratoga, il l'aida à porter sa valise et ils partagèrent un taxi. Ils ne se parlèrent pas. Chacun dans leur coin, ils regardaient la pluie, les lumières diffuses. À New York, quelques heures auparavant, il avait retiré de la banque tout ce qu'il possédait. Il avait fermé la porte de son appartement sans laisser de message pour personne. De plus, pas une âme ne le connaissait dans cette ville. C'était une sensation agréable.

L'hôtel était complet ; en plus de la foule qu'attiraient les courses, il y avait, lui dit-on au bureau, un congrès de médecine. Non, on ne pouvait lui indiquer aucune chambre, malheureusement. Demain, peut-être.

Alors Walter trouva le bar. Du moment qu'il lui faudrait passer la nuit sans se coucher, autant valait être saoul. Le bar, très grand, très chaud et très bruyant, présentait le riche assortiment de grotesques des saisons d'été : dames croulantes sous leurs renards argentés, petits jockeys rabougris, hommes pâles parlant haut et vêtus d'étoffes vulgaires à carreaux fantastiques. Après deux ou trois verres, le bruit sembla s'éloigner. Alors, comme il jetait les yeux autour de lui, il aperçut l'infirme. Seule à une table, elle sirotait élégamment une crème de menthe. Ils échangèrent un sourire. Walter se leva et s'approcha d'elle.

— Ce n'est pas comme si nous étions des étrangers, dit-elle comme il s'asseyait. Vous êtes venu pour les courses, sans doute ?

— Non, dit-il, pour me reposer, simplement. Et vous ?

Elle fit la moue :

— Vous avez dû remarquer que j'ai un pied bot ; oh ! mais bien sûr, voyons, ne faites pas l'étonné : vous l'avez remarqué, comme tout le monde. Alors, voilà, dit-elle, en tournant son chalumeau dans son verre, voilà, mon docteur doit faire une communication à ce congrès, une communication sur moi, sur mon pied, parce que mon cas est assez spécial. Oh ! j'ai une peur ! Je veux dire qu'il va falloir que je montre mon pied.

Walter exprima des regrets et elle dit qu'il n'y avait pas de quoi ; après tout, ça lui procurait quelques jours de vacances, n'est-ce pas.

— Et voilà six ans que je n'ai pas quitté New York. Il y a six ans j'ai passé huit jours au *Bear Mountain Inn*.

Elle avait les joues colorées, tachetées de rouge, et ses yeux, trop rapprochés, étaient couleur de lavande, intenses ; elle n'avait jamais l'air de cligner les paupières. Elle portait une alliance à l'annulaire ; de la frime, sans aucun doute, personne ne s'y serait laissé prendre.

— Je suis domestique, dit-elle en réponse à une question. Il n'y a pas de mal à ça. C'est honnête et ça me plaît. Les gens chez qui je suis placée ont un adorable petit garçon, Ronnie. Je le traite mieux que sa mère et il m'aime davantage, il me l'a dit. Elle ne dessaoule pas de la journée.

C'était déprimant à entendre, mais Walter, craignant soudain de se trouver seul, restait, buvait, parlait, comme il parlait autrefois avec Anna Stimson.

— Chut ! dit-elle à un moment où, ayant élevé la voix, il avait attiré l'attention de quelques personnes.

Walter dit :

— Les gens, je m'en fous.

Il avait l'impression que son cerveau était de verre et que le whisky qu'il avait bu s'était transformé en marteau. Il pouvait sentir les fragments s'entrechoquer dans sa tête, ce qui troublait la mise au point, falsifiait les formes ; ainsi l'infirme ne lui semblait plus être une seule personne, mais plusieurs : Irving, sa mère, un homme appelé Bonaparte, Margaret, tous ceux-là et bien d'autres. De plus en plus il se rendait compte que l'expérience est un cercle dont on ne peut isoler, dont on ne peut oublier aucun moment.

6

Le bar fermait. Ils payèrent chacun leur addition et, tandis qu'ils attendaient leur monnaie, ils ne prononcèrent pas une parole. Elle le fixait de ses yeux de lavande qui ne clignaient jamais. Elle semblait maîtresse d'elle-même, mais il savait qu'au fond une émotion subtile l'agitait. Quand le garçon revint, ils partagèrent la monnaie et elle dit :

— Si vous voulez, vous pouvez venir dans ma chambre. Une rougeur lui envahit la face : C'est-à-dire..., vous m'avez dit que vous n'aviez pas de chambre pour cette nuit...

Walter lui prit la main, et le sourire qu'elle lui adressa était d'une touchante timidité.

Dans une bouffée de parfum de bazar, elle sortit de la salle de bains vêtue seulement d'un léger kimono couleur chair et de son monstrueux soulier noir. C'est alors qu'il comprit qu'il lui serait impossible de s'approcher d'elle. Et jamais il ne s'était senti aussi pitoyable. Même Anna Stimson ne pourrait pas lui pardonner une chose comme ça.

— Ne regardez pas, dit-elle, sa voix tremblait légèrement. Je n'aime pas qu'on voie mon pied.

Il se tourna vers la fenêtre contre laquelle les feuilles des ormeaux bruissaient dans la pluie, et des éclairs, trop lointains pour qu'on perçût le moindre bruit.

— Voilà, dit-elle.

Walter ne bougea pas.

— Voilà, répéta-t-elle, impatiente. Voulez-vous que j'éteigne ? Vous préférez peut-être vous préparer... dans le noir ?

Il s'approcha du bord du lit et, se penchant, l'embrassa sur la joue.

— Je vous trouve extrêmement gentille, mais...

Le téléphone l'interrompit. Elle le regarda d'un air niais.

— Nom de Dieu, dit-elle et elle couvrit l'appareil avec sa main, ça vient de très loin. Je parie qu'il s'agit de Ronnie ! Je parie qu'il est malade ou... allô... quoi ?... Ranney ? Mais non. Vous vous êtes trompé de num...

— Un instant, dit Walter en saisissant le téléphone. C'est moi, c'est Walter Ranney.

— Allô, Walter.

La voix, sourde, asexuée, lointaine le frappa au creux de l'estomac. Il lui sembla que la chambre basculait, se cabrait. Une moustache de sueur lui perla sur la lèvre.

— Qui parle ? dit-il si lentement que les mots ne s'enchaînaient pas d'une manière cohérente.

— Oh ! voyons, Walter, tu me connais bien ! Tu me connais depuis longtemps.

Puis le silence. À l'autre bout du fil on avait raccroché.

— Ça, par exemple, dit la femme, comment a-t-on bien pu savoir que vous étiez dans ma chambre ; je veux dire... mais, est-ce que c'était des mauvaises nouvelles ? Vous avez l'air tout...

Walter se laissa tomber sur elle, la serra contre lui, pressant sa joue humide contre la sienne.

— Tenez-moi, dit-il, s'apercevant qu'il pouvait encore pleurer, je vous en prie, tenez-moi.

— Pauvre petit garçon, dit-elle en lui tapotant le dos, mon pauvre petit garçon, on se sent terriblement seul dans la vie, n'est-ce pas ? Et brusquement il s'endormit dans ses bras.

Il n'avait pas dormi depuis, et maintenant il ne pouvait pas dormir davantage, même bercé par le ronronnement paresseux du ventilateur ; dans les lames tournantes il voyait des roues de trains : Saratoga-New York, New York-La Nouvelle-Orléans. Et il avait choisi La Nouvelle-Orléans sans raison particulière, c'était simplement une ville lointaine et qui lui était étrangère. Quatre lames de ventilateur, roues et voix, tournant, tournant sans cesse ; et après tout, il le voyait bien maintenant, ce réseau de méchanceté n'aurait non plus jamais de fin.

Bruit d'eau dans les conduites des murs, pas au-dessus de sa tête, tintements de clefs dans le couloir, nouvelles à la radio quelque part au loin, dans la chambre voisine une voix de petite fille qui demande pourquoi ? Pourquoi ? POURQUOI ? Et néanmoins, dans la chambre une impression de silence. Ses pieds, éclairés par la lueur de l'imposte, ressemblaient à de la pierre amputée.

Comme dix petits miroirs, les ongles brillants des orteils reflétaient une lueur verdâtre. Il s'assit sur son lit et, avec une serviette, sécha la sueur qui l'inondait. Maintenant, plus que tout autre chose, c'était la chaleur qui l'effrayait, car elle le rendait conscient de l'abandon où il se trouvait. Il lança la serviette à travers la chambre où elle se balança accrochée à un abat-jour. À ce moment, le téléphone sonna, sonna. Et il sonnait si fort que Walter était sûr que tout l'hôtel pouvait l'entendre. Une armée allait venir frapper à sa porte. Alors il enfouit sa tête dans l'oreiller, se couvrit les oreilles des deux mains et pensa : pense à des choses qui ne sont rien, pense à des choses comme le vent.

(Traduit par Maurice Edgar Coindreau.)

DÉCOUVREZ LES FOLIO 2 €

Parutions d'octobre 2004

ANONYME *Saga de Gísli Súrsson*

Vengeance, jalousie, trahison, tous les ingrédients sont rassemblés pour nous offrir une histoire de vaillance, d'amour et de mort dans le monde rude des fiers guerriers vikings.

BALZAC *L'Auberge rouge*

Dans les brumes de l'Allemagne romantique, l'inspecteur Balzac mène l'enquête !

T. CAPOTE *Monsieur Maléfique* et autres nouvelles

Quelques récits au charme mystérieux et envoûtant par l'auteur de *Petit déjeuner chez Tiffany.*

E. M. CIORAN *Ébauches de vertige*

Une vision désabusée des hommes et du monde, une lucidité extrême.

COLLECTIF *« Parce que c'était lui, parce que c'était moi »* Littérature et amitié

Complicité, fidélité et solidarité caractérisent ce lien étonnant qui unit les hommes par-delà les pays, les années et les guerres. Les grands écrivains de la littérature mondiale — La Fontaine, Zola, Molière, Camus ou encore Fred Uhlman — ont exploré les multiples facettes de l'amitié et décrit avec sensibilité des moments de bonheur partagé.

S. DALI *Les moustaches radar (1955-1960)*

Quelques pages du *Journal d'un génie* pour pénétrer dans l'intimité de l'un des plus grands créateurs du XXe siècle.

C. HIMES *Le fantôme de Rufus Jones* et autres nouvelles

Cinq courtes nouvelles où le désespoir le dispute à l'humour et la tendresse à la violence pour dénoncer le racisme et l'injustice.

P. NERUDA *La solitude lumineuse*

Neruda livre ses souvenirs colorés et poétiques d'un Orient colonial et se révèle comme un homme passionné, curieux de tout et de tous, et un merveilleux conteur.

A. DE SAINT-EXUPÉRY *Lettre à un otage*

Un appel à tous ceux qui, épris de liberté, refusent de subir. Un texte d'une rare actualité.

A. TCHEKHOV *Une banale histoire*

Une nouvelle sombre et cruelle où bonheur et amour semblent inaccessibles… Un texte fort et vrai par l'un des plus grands écrivains dramatiques russes, l'auteur de *La Mouette* et de *La Cerisaie.*

Dans la même collection

R. AKUTAGAWA *Rashômon* et autres contes (Folio n° 3931)

M. AMIS *L'état de l'Angleterre,* précédé de *Nouvelle carrière* (Folio n° 3865)

ANONYME *Le poisson de jade et l'épingle au phénix* (Folio n° 3961)

I. ASIMOV *Mortelle est la nuit* précédé de *Chante-cloche* (Folio n° 4039)

G. APOLLINAIRE	*Les Exploits d'un jeune don Juan* (Folio n° 3757)
L. ARAGON	*Le collaborateur* et autres nouvelles (Folio n° 3618)
T. BENACQUISTA	*La boîte noire* et autres nouvelles (Folio n° 3619)
K. BLIXEN	*L'éternelle histoire* (Folio n° 3962)
M. BOULGAKOV	*Endiablade* (Folio n° 3962)
L. BROWN	*92 jours* (Folio n° 3866)
S. BRUSSOLO	*Trajets et itinéraires de l'oubli* (Folio n° 3786)
J. M. CAIN	*Faux en écritures* (Folio n° 3787)
A. CAMUS	*Jonas ou l'artiste au travail,* suivi de *La pierre qui pousse* (Folio n° 3788)
T. CAPOTE	*Cercueils sur mesure* (Folio n° 3621)
A. CARPENTIER	*Les Élus* et autres nouvelles (Folio n° 3963)
R. CHANDLER	*Un mordu* (Folio n° 3926)
COLLECTIF	*Au bonheur de lire* (Folio n° 4040)
COLLECTIF	*Des mots à la bouche.* Festins littéraires (Folio n° 3927)
COLLECTIF	*Il pleut des étoiles* (Folio n° 3864)
COLLECTIF	*« Leurs yeux se rencontrèrent »* (Folio n° 3785)
COLLECTIF	*« Ma chère Maman... »* (Folio n° 3701)

COLLECTIF	*Un ange passe* (Folio n° 3964)
J. CONRAD	*Jeunesse* (Folio n° 3743)
J. CORTÁZAR	*L'homme à l'affût* (Folio n° 3693)
D. DAENINCKX	*Leurre de vérité* et autres nouvelles (Folio n° 3632)
R. DAHL	*Gelée royale* précédé de *William et Mary* (Folio n° 4041)
R. DAHL	*L'invité* (Folio n° 3694)
M. DÉON	*Une affiche bleue et blanche* et autres nouvelles (Folio n° 3754)
D. DIDEROT	*Lettre sur les aveugles à l'usage de ceux qui voient* (Folio n° 4042)
R. DUBILLARD	*Confession d'un fumeur de tabac français* (Folio n° 3965)
S. ENDÔ	*Le dernier souper* et autres nouvelles (Folio n° 3867)
W. FAULKNER	*Une rose pour Emily* et autres nouvelles (Folio n° 3758)
F. SCOTT FITZGERALD	*La Sorcière rousse,* précédé de *La coupe de cristal taillé* (Folio n° 3622)
C. FUENTES	*Apollon et les putains* (Folio n° 3928)
R. GARY	*Une page d'histoire* et autres nouvelles (Folio n° 3759)
J. GIONO	*Arcadie... Arcadie...*, précédé de *La pierre* (Folio n° 3623)
W. GOMBROWICZ	*Le festin chez la comtesse Fritouille* et autres nouvelles (Folio n° 3789)

H. GUIBERT	*La chair fraîche* et autres textes (Folio n° 3755)
E. HEMINGWAY	*L'étrange contrée* (Folio n° 3790)
E.T.A. HOFFMANN	*Le Vase d'or* (Folio n° 3791)
H. JAMES	*Daisy Miller* (Folio n° 3624)
T. JONQUET	*La folle aventure des Bleus...*, suivi de *DRH* (Folio n° 3966)
F. KAFKA	*Lettre au père* (Folio n° 3625)
J. KEROUAC	*Le vagabond américain en voie de disparition,* précédé de *Grand voyage en Europe* (Folio n° 3695)
J. KESSEL	*Makhno et sa juive* (Folio n° 3626)
R. KIPLING	*La marque de la Bête* et autres nouvelles (Folio n° 3753)
LAO SHE	*Histoire de ma vie* (Folio n° 3627)
LAO-TSEU	*Tao-tö king* (Folio n° 3696)
J. M. G. LE CLÉZIO	*Peuple du ciel,* suivi de *Les bergers* (Folio n° 3792)
P. MAGNAN	*L'arbre* (Folio n° 3697)
I. McEWAN	*Psychopolis* et autres nouvelles (Folio n° 3628)
H. MILLER	*Plongée dans la vie nocturne...*, précédé de *La boutique du Tailleur* (Folio n° 3929)
S. MINOT	*Une vie passionante* et autres nouvelles (Folio n° 3967)
Y. MISHIMA	*Dojoji* et autres nouvelles (Folio n° 3629)

Y. MISHIMA	*Martyre* précédé de *Ken* (Folio n° 4043)
M. DE MONTAIGNE	*De la vanité* (Folio n° 3793)
E. MORANTE	*Donna Amalia* et autres nouvelles (Folio n° 4044)
V. NABOKOV	*Un coup d'aile,* suivi de *La Vénitienne* (Folio n° 3930)
K. ÔÉ	*Gibier d'élevage* (Folio n° 3752)
C. PAVESE	*Terre d'exil* et autres nouvelles (Folio n° 3868)
E. A. POE	*Aventure sans pareille d'un certain Hans Pfaall* (Folio n° 3862)
L. OULITSKAÏA	*La maison de Lialia* et autres nouvelles (Folio n° 4045)
L. PIRANDELLO	*Première nuit* et autres nouvelles (Folio n° 3794)
R. RENDELL	*L'Arbousier* (Folio n° 3620)
P. ROTH	*L'habit ne fait pas le moine,* précédé de *Défenseur de la foi* (Folio n° 3630)
A.F. DE SADE	*Ernestine. Nouvelle suédoise* (Folio n° 3698)
J.-P. SARTRE	*L'enfance d'un chef* (Folio n° 3932)
B. SCHLINK	*La circoncision* (Folio n° 3869)
L. SCIASCIA	*Mort de l'Inquisiteur* (Folio n° 3631)
SÉNÈQUE	*De la constance du sage,* suivi de *De la tranquillité de l'âme* (Folio n° 3933)

G. SIMENON	*L'énigme de la* Marie-Galante (Folio n° 3863)
D. SIMMONS	*Les Fosses d'Iverson* (Folio n° 3968)
I. B. SINGER	*La destruction de Kreshev* (Folio n° 3871)
P. SOLLERS	*Liberté du* XVIIIème (Folio n° 3756)
R. L. STEVENSON	*Le Club du suicide* (Folio n° 3934)
R. TAGORE	*La petite mariée,* suivi de *Nuage et soleil* (Folio n° 4046)
J. TANIZAKI	*Le coupeur de roseaux* (Folio n° 3969)
I. TOURGUÉNIEV	*Clara Militch* (Après la mort) (Folio n° 4047)
M. TOURNIER	*Lieux dits* (Folio n° 3699)
M. VARGAS LLOSA	*Les chiots* (Folio n° 3760)
P. VERLAINE	*Chanson pour elle* et autres poèmes érotiques (Folio n° 3700)
VOLTAIRE	*Traité sur la tolérance* (Folio n° 3870)
H. G. WELLS	*Un rêve d'Armageddon,* précédé de *La porte dans le mur* (Folio n° 4048)
E. WHARTON	*Les lettres* (Folio n° 3935)
R. WRIGHT	*L'homme qui vivait sous terre* (Folio n° 3970)

Composition Bussière.
Impression Novoprint
à Barcelone, le 15 septembre 2004.
Dépôt légal : septembre 2004.
ISBN 2-07-031699-8./Imprimé en Espagne.

130180